小说

工作细胞 ③

〔日〕时海结以 著
〔日〕清水茜 原作 / 绘

王盈盈 译

人民文学出版社
PEOPLE'S LITERATURE PUBLISHING HOUSE

著作权合同登记号 图字 01-2021-7375

SHOUSETSU HATARAKU SAIBOU 3
©Yui Tokiumi，Akane Shimizu，2020
All rights reserved.
Original Japanese edition published by KODANSHA LTD.
Publishing rights for Simplified Chinese character edition arranged with
KODANSHA LTD.
through KODANSHA BEIJING CULTURE LTD. Beijing，China

图书在版编目(CIP)数据

工作细胞. 3/(日)时海结以著；(日)清水茜原
作、绘；王盈盈译.—北京：人民文学出版社，2022
ISBN 978-7-02-016237-6

Ⅰ.①工… Ⅱ.①时… ②清… ③王… Ⅲ.①长篇小
说-日本-现代 Ⅳ.①I313.45

中国版本图书馆 CIP 数据核字(2022)第 029739 号

责任编辑 卜艳冰 郁梦非
装帧设计 钱 珺

出版发行 人民文学出版社
社 址 北京市朝内大街 166 号
邮 编 100705

印 刷 凸版艺彩(东莞)印刷有限公司
经 销 全国新华书店等

字 数 75 千字
开 本 787 毫米×1092 毫米 1/32
印 张 5.75
版 次 2022 年 3 月北京第 1 版
印 次 2022 年 3 月第 1 次印刷

书 号 978-7-02-016237-6
定 价 35.00 元

如有印装质量问题，请与本社图书销售中心调换。电话：010-65233595

毛母细胞
通过自身的分裂、增殖促使毛发生长。

巨噬细胞
一种白细胞，捕获并清除细菌等异物，及时掌握抗原及其免疫信息。

髓细胞
处于分化阶段的、尚未成为白细胞（中性粒细胞、嗜酸性粒细胞、嗜碱性粒细胞）的细胞，存在于骨髓中。

成红血细胞
处于分化阶段的、尚未成为红细胞的细胞，存在于骨髓中。

目录

0

这里是人体内的世界

－ 强大的战友 －

这是"某个人"的身体内部，有许多名叫细胞的小家伙住在这里。

细胞的个头都很小，却很有用。为保证人能够正常健康地生活，他们肩负起自己的使命，每一天每一天都在不眠不休地工作。

为了让大家能够更好地理解细胞们生活的世界，请允许我用人类社会来打比方。假设这是一座城市，那么普通细胞就生活在类似小区、公寓的建筑物里，而在建筑物之间遍布着名为血管的道路，无数的工作细胞就在这些道路上络绎不绝地穿梭着。

其中有许多细胞戴着红色的帽子，穿着红色的夹克，正在搬运东西。

他们都是红细胞。普通细胞生存需要氧气，而将氧气运输至普通细胞所在的房间，正是红细胞的工作之一。

马路上突然响起一声惨叫。

"来人啊！救命——"

只见一名红细胞少女手上抱着装满氧气瓶的大箱子，正在拼命奔跑，速度很快。用人类来打比方的话，她差不多正是上高中的年纪，留着一头利落的红色短发，同色帽子上的编号为 AE3803。

比起之前，3803 显然熟练了很多，可依然是个新人，工作上总会时不时地犯个迷糊。今天也是，她再次光荣地迷路，钻进了一条小胡同里。结果非常不巧，她被埋伏在这里的细菌怪兽袭击了。3803 见状，撒开腿拼命跑，终于跑到了一条主干道上。

袭击 3803 的细菌怪兽通体发白，浑身长满泛着青黑色光泽的尖刺，看上去恶心兮兮的。它紧紧追着 3803 不放，肥硕的身躯浑似一个高速滚动的球。

"哦，亲爱的，把你手中的氧气给我嘛！"

"呀呀呀呀呀呀，救命啊！！"

听到 3803 的求救声，路上的红细胞们纷纷转过头来。

"糟了，有红细胞被细菌怪兽袭击！"

"我……我们得救她。"

"……不行的，凭我们的能力办不到。"

细菌怪兽通过各种途径闯进人的体内世界，大肆残杀细胞。一旦身体被细菌完全占领，所有的细胞都被杀死，人也就死了。

刺毛怪紧缀在3803身后，跃跃欲试地要扑上来。

"还不给我吗？亲爱的——"

"啊啊啊啊啊啊！"

看着不断逼近的丑陋怪兽，3803忍不住尖叫着闭上眼睛，脚下不稳摔在了地上。她顺势一钻，惊险地从细菌怪兽抢过来的大尾巴下捡回一条命。

"哇，我……竟然躲过去了！天哪，我今天可能不会死呢！"

3803一个打挺站了起来，不承想刚跑了五六步，就看见一堵高墙立在眼前。

"啥？禁止通行？！天哪天哪！"

"哈哈哈，看来老天都站在我这边！亲爱的，乖乖地把手上的箱子交给我，我可以饶你一命哟。"

刺毛怪兽发出高亢的笑声，似乎觉得要红细胞很好玩。

"不要到了地狱才后悔呢——"

要死了……3803绝望地团紧身子，闭上眼睛，用力咬紧牙关。

啪，咚——

随着一阵钝响，细菌怪兽硕大的身躯一边刷刷刷地在地面滑动，一边呀呀呀地发出呻吟声。

（有人来救我了！难道是白细胞君？？）

每次3803遇见危险，总会有一个人不知道从哪里冒出来，为她击退敌人。这个人就是1146，他是一位白细胞战士，属于中性粒细胞。

中性粒细胞一天二十四小时不间断地在人体内巡逻，一旦发现细菌怪兽或被病毒感染的细胞僵尸，就马上挥舞大刀迎击，是勇敢的战斗型战士。包括中性粒细胞在内的白细胞，以及肩负军人职责的淋巴细胞，被统称为免疫细胞，专门与侵入人体的敌人战斗。

3803期待地睁开眼睛，没想到眼前站着的却不是1146。

"咦？请问，您……您是谁啊？"

眼前的细胞全身裹在防护服内，脸上还戴着防毒面罩，是3803不认识的。他的背上还背着一个大消毒液罐。

（原来不是白细胞君啊……对，怪不得没有听见"叮咚——"的声音呢。）

1146的头上装有雷达感应装置，一旦有敌人靠近，就会发出叮咚的警报声。

刺毛怪看起来也不认识眼前这个穿着防护服的细胞，它一边呻吟，一边挣扎着站了起来。

"干、干吗的？你这家伙！"

防护服细胞没有说话，只是冲刺毛怪又连续揍了几拳。刺毛怪毫无还手之力，被揍得摔在马路沿上，咚的一声，身体痛得缩成了一团。

接着，防护服细胞抽出消毒液罐喷头，朝着刺毛怪一顿扫射。咻——，白色的泡沫漫天飞舞，刺毛怪痛苦地惨叫着，终于再也动不了了。

（啊，我活下来了……）

3803赶紧向防护服细胞道谢。

"非、非常感谢您救了我……"

防护服细胞回过头，向3803比了个"赞"——左手握成拳头，只竖起大拇指。3803隐约听到对方"咕"了一声，可因为隔着防毒面具，声音闷闷的，听不真切。

他看上去在和我打招呼。于是，3803也学着竖起了大拇指。

"咕……？"

防护服细胞点点头，然后转身，挥着手走远了。

叮咚——

随着一阵熟悉的声音，3803脚边的铁丝网突然被踹飞了。

"发现抗原——！！"

与经典台词同时出现的，是从地下通道中冒出来的再熟悉不过的脸。只见中性粒细胞青年身着白色连体作战服，雪白的刘海挡住了右眼，白色帽子上的番号赫然写着"1146"。

"咦？怎么会？！已经死了？"

做好战斗准备的1146抢着手中的大刀，看到躺在地上的刺毛怪，忍不住焦急地打量四周。刚被踹飞在空中的铁丝网啪的一声，刚好落在他的头上。呜哇，听上去就很疼呢。

"痛死了。"

"白细胞君！"

听到声音，1146才终于意识到原来3803也在这里，赶紧走了过去。1146虽然总是冷冰冰的，而且沉默寡言，但对于3803来说，是可以永远放心依靠的保护神。

"哦，是红细胞啊。抗原已经被杀死了？"

"是、是的。有一个戴着防毒面具的细胞把它杀死了。"3803指着快要消失在一群红细胞中的身影对1146说，"白细胞君，你知道他是什么细胞吗？"

"可能是单核细胞。"

"单核？"

3803是第一次听说这种细胞，于是，1146进一步解释道："单核细胞是存在于血管里的免疫细胞，偶尔会和我共事。他们在人体中的数量虽然很少，可每个人的能力都很强，非常可靠。"

"啊，是这样啊。"

白细胞
（中性粒细胞）
负责捕杀细菌、病毒等侵入体内的外来物质，中性粒细胞占人体血液中白细胞总数的一半以上。

发现抗原——!!

おおおおお
（哇唔）

ドッコォォン
（呀哈哈哈）

咦？怎么会？!

哦，是红细胞啊。

抗原已经被杀死了？

是、是的。

す、た、
（啊）

可能是单核细胞。

单核？

单核细胞
约占白细胞总数7%的单核游走细胞。与其他免疫细胞一样，单核细胞也参与人体的生物防御。

他也是血管里的免疫细胞，偶尔会和我共事。

わい
（喂）

有一个戴着防毒面具的细胞把它杀死了。

你知道他是什么细胞吗？

免疫细胞中，一半以上都是中性粒细胞，他们担任警察、保安等工作；另外还有淋巴细胞，他们更像军队里的士兵。

其中，淋巴细胞又可以分为很多种类，有杀伤性T细胞、制作"抗体"武器的B细胞、独来独往的杀手NK细胞等。

相比之下，单核细胞的数量并不多，他们藏在防护服和防毒面罩下的真面目……

"既然抗原已经被杀死了，那我就先走了。红细胞，你要继续努力工作！"

"嗯！白细胞君，拜拜。"

3803露出一个大大的笑容，1146向她挥挥手，又钻回地下通道去了。

3803回去继续运输氧气。她来到了"鼻孔温泉街"，这次的配送点就在附近。鼻孔温泉街位于"鼻孔隧道"正上方，后者联通着体内与体外两个世界。

温泉街上的空气四季如春，这里设有汗蒸室、泡脚区，聚集了很多想要暖和暖和身体的细胞，十分热闹。

“再怎么倒霉，我也不可能一天里遇见两次细菌怪兽吧。等完成这次的配送工作，一定要去吃温泉馒头——那可是这里的特产呢，绝对不能错过！”

实际上，红细胞只能吃甜食，也就是葡萄糖。普通细胞的便当盒里总是装着各种各样的营养物质，那些红细胞都吸收不了。

3803一边小声哼着歌，一边慢悠悠地往前走。“呲——”，她似乎听见了什么奇怪的声音。低头一看，发现地面裂开了几道口子。

“诶？！这个场景，我以前——”

脚下的震动越来越厉害，3803连站都站不稳了。眼看着裂缝越来越大，随着咣的一声惊天巨响，一大段路面被炸上了天。紧接着，噼里啪啦，越来越多的建筑物被炸毁了，碎石块甩得到处都是。

“哇啊啊啊啊啊！”

路上的红细胞们惨叫着四处逃散。3803吓得腰都软了，一屁股摔在一个大裂缝前，站都站不起来。

（这个场景，我以前……经历过！）

3803长大后进入社会，第一天上班就碰上大暴乱，当时正是1146遇见并救了她，而那天的情景和此刻一模一样。

咯噔咯噔，街上的建筑物发出痛苦的呻吟声，碎石残瓦和没能逃脱的红细胞们都被吸进地面上凭空出现的幽深的巨洞里。这幅光景简直太恐怖了。

"这是……出现了通过外部异世界的创口，很快就会有细菌怪兽从创口入侵进来！！"

情况确实和3803预料的一样。

"哦吼吼吼吼吼吼！"

随着一阵讥笑声，一头拖着长长尾巴的黄色细菌怪兽从巨洞里冒了出来。

（天哪，这种怪兽那天也出现过！）

"你们好呀，亲爱的小细胞们。我们是美丽的金黄色葡萄球菌。突然登门真是不好意思呢，这个鼻孔就由我们来征服了哟。"

黄色的细菌怪兽——金黄色葡萄球菌笑嘻嘻地做了个手势。紧接着，一只又一只细菌怪兽从巨洞中飞了进来。

3803 等细胞并不知道，此时他们所在的这具身体的主人——"某个人"不小心撞到鼻子，流了不少血。而他们感受到的晃动、爆炸等，在人类的感知中就是"疼痛"。

金黄色葡萄球菌平时就紧贴在"鼻孔隧道"外侧的皮肤上，随时等待入侵人体的契机。

金黄色葡萄球菌头目命令道：

"出动！把氧气、营养元素，统统都夺过来——"

"遵命！"

无数金黄色葡萄球菌一窝蜂地涌了过来。3803 拼命逃窜，却被路面上的豁口绊住，摔在了地上。

"啊——"

"小家伙，就先从你开始吧！"

金黄色葡萄球菌长着尖利长刺的尾巴朝 3803 甩了过去。千钧一发之际，随着唰啦一声，一道白光闪过，它长长的尾巴被人利落地斩断了。

"呵，这次没来晚。发现抗原！"

原来又是 1146 救了 3803，他利落地用大刀将袭击 3803 的金黄色葡萄球菌一分为二。

"白细胞君你来了！太……太好了……"

"快找地方躲起来，红细胞！"

叮咚——，叮咚——，警报声络绎不绝地响起。

"消灭细菌怪兽！"

4989 等青年也高喊着加入了战斗。他们和 1146 一样，也是白细胞中的中性粒细胞。

3803 按照 1146 说的，慌忙躲在一个稍微远离战场的碎石堆后，静静注视着英勇作战的伙伴们。

"去死吧，杂菌！"

1146 高喊一声，将敌人狠狠劈成两半。他的战友们也毫不手软。很快，地面上就出现了一座座金黄色葡萄球菌尸体垒成的小山。

"看，只剩那些家伙了！"

4989 盯着正悬浮在半空默默观察战况的数十只金黄色葡萄球菌。1146 和其他小伙伴闻声看了过去。

"哼，不管你们来几次，结果都是一样的。金黄色葡萄球菌，地狱才是你们最好的归宿！"

听到这话，金黄色葡萄球菌头目轻轻地笑了。

"真的……会是这样吗？"

头目转身对周围的细菌下命令道：

"宝贝们，轮到你们喽，今天好好表现。"

"好的呀！"

只见半空中的金黄色葡萄球们纷纷将身体团成球，然后与旁边的紧紧贴在一起。那模样看上去就和金黄色的葡萄串一样。

"怎……怎么回事？！它们好像葡萄啊。"

体内的细胞们不知道，这些细菌之所以被称为葡萄球菌，正是因为它们能够紧密地黏在一起组成葡萄串的形状。

"金黄色葡萄球菌，合体！"

随着一声整齐的呐喊，场上的金黄色葡萄球菌们绽放出金色的光芒变身了。再次出现在大家眼前的，是一只巨大的怪兽——女王金黄色葡萄球菌。

"哦吼吼吼，这一次的我稍微有些不同呢。"

"有些不同？哈，那我们必须试上一试！"

4989纵身一跃，气势十足地冲着女王菌扑了过去。不承想女王菌的背后伸展出一面网状盾牌，将他弹了回来。

"被……被弹回来了？！"

4989不敢置信，懊恼地想再次尝试，1146制止了他。

"先别动。从背部长出网……不，那是……"

女王菌的脸上充满了得意：

"是不是很面熟呢？"

躲在一旁观战的3803看着那张大网，也觉得似曾相识。

（我第一次遇见白细胞君那天，曾看到血小板们为了堵住伤口止血，用丝线结出一张网，那张网和女王菌的很类似。我记得丝线的名字是叫……）

"没错，就是纤维蛋白。曾几何时，我的妹妹

就是因为你们小伙伴做的这个玩意而失败了呢。哎呀呀，真是想起来都要伤心。"

（女王菌说得没错！那次伤口被堵住后，细菌怪兽再也不能从外面的异世界召唤同伙，最后全部被剿灭了。）

3803还陷在回忆里，那边女王菌已经张开大网随心所欲地操控着，将白细胞战士们统统拦截在网里。大网不但能拦截，还能持续释放出具有麻痹功能的毒素，颇似电击。被网住的白细胞们渐渐地不能再动弹，连1146也……

（白细胞君！）

3803差点喊出声来，她赶紧捂住自己的嘴巴。不，这个时候绝对不能暴露自己，再给白细胞们增加麻烦。她紧紧注视着敌人。

"呜……这、这是……什么？"

看着呻吟的4989，女王菌露出胜利者的微笑。

"呵呵呵，想知道呀？那我就好心告诉你吧，这是——"

"我听说过。"

被绑在 4989 身边的 1146 插话道：

"这是金黄色葡萄球菌的一种作战方式……它们通过纤维蛋白网住猎物使其不能动弹，再施以攻击。这个技能……我记得是叫，凝固。"

"不要随便抢人台词，没礼貌！"

女王菌顿时火冒三丈，冲 1146 发射出格外强烈的毒素。旁边的 4989 则受池鱼之殃，两个人忍不住一起呻吟出声。

（天哪，白细胞君没事吧？）

3803 的心脏忍不住跟着一揪。

"这个没礼貌的家伙说对了，就是凝固酶！呵呵，今天的我，已经不是以前的我了。不管是防御能力还是进攻能力，都今非昔比。正所谓士别三日当刮目相看，我现在是无敌状态！你们这些杂鱼的花招，对我统统没有用呢。"

金黄色葡萄球菌可以释放出各种毒素，堪称移动的毒素库。

"接下来，我就要把你们统统消灭掉哟，好好享受吧。"

被毒素攻击的白细胞战士们纷纷发出痛苦的呻吟声。

不，要完了……3803忍不住闭上眼睛，用双手捂住自己的耳朵。

咣！一个墙皮碎块从3803身边突然飞过。

（妈呀，又来了！）

她以为有新的敌人入侵，条件反射地猛然后退，却看到从墙壁豁口处出现了一张熟面孔，忍不住啊地叫了一声。

（是那个细胞……）

只见来人手上拿着一柄硕大的锤子利索地开路，身上还穿着那套防护服，脸上还戴着那个防毒面具。

（是单核细胞来救我们了！）

"你、你是个什么玩意？！"

女王菌愤怒地瞪着凭空出现的单核细胞，十分不满自己的演出被人打断。单核细胞一点儿也不在意，若无其事地从豁口钻出来，踩着地上的碎石破瓦，踏入战场。他的同伴们跟在后面，也加入了

进来。

打头的单核细胞就停在3803身边，很小声地嘟囔了一句：

"哎呀真麻烦，这儿是血管外壁呢。"

原来如此，3803终于明白了。"某个人"在体外异世界受伤，结果给体内世界带来剧烈震动，于是3803被甩出血管马路，掉在了建筑物的瓦砾堆里。

用人类世界来比喻的话，这条血管马路相当于地下街道或高速公路，它的两侧伫立着高墙和建筑物。目前的情况就是高墙上出现了一个大豁口。

一个单核细胞转过头对伙伴们说：

"姐妹们，我们该换衣服了哟。"

"好的呢——"

天哪，这是单核细胞们的声音！3803惊呆了。一个个温柔、甜美的女声，原来不是"他"，而是"她"。

"这、这声音……"

似曾相识——不，应该说，这声音3803十分熟悉。

唰唰唰，单核细胞纷纷摘下脸上的防毒面具，脱下防护服。再次出现在 3803 眼前的是一群戴着白色软帽、留着飘逸长发、穿着缀满褶边和蕾丝的白色围裙的小姐姐。她们看上去温柔极了。

只是下一刻，她们就从仙气飘飘的衣服里掏出砍刀、斧头等硕大、威猛的武器，那反差简直不能更大了。

"呜啊，竟然是、是巨噬细胞姐姐？！"

"是的呢，好久不见，3803。好了，我们该去打扫卫生啦。打扫、打扫，我最爱打扫。"

巨噬细胞是白细胞的战友，同时也是人体内最厉害的清洁工。平时在血管中巡逻，她们一般以单核细胞的形象出现；变身成为巨噬细胞后，则可以藏匿于体内各个角落，随时狙击敌人。

巨噬细胞的战斗力非常强大，她们在打倒敌人后还会对其进行分析，并将相关信息传递给其他种类的免疫细胞，包括敌人的种类、属性等。另外，战斗结束后，她们还要负责清理战场，掩埋尸骸——尸骸既包括敌方的，也包括己方的。可以说，巨噬细胞的工作内容繁多且重要。

3803 的脑子彻底混乱了。

（唉，这是什么情况？在我小时候，巨噬细胞是保育园里的老师，耐心地教导我们很多知识，怎么我现在长大成人了，她们又变成战士了？还有，我们之前在路上碰见时，她为什么不但说自己是单核细胞，还做那样的打扮？？而且，巨噬细胞看上去比白细胞君还要厉害啊……这些，都是怎么回事？！）

"哼，我不知道你们是什么细胞，总之别挡我的路！"

女王菌焦躁起来，尾巴上又生出三根钩爪，冲着领头的巨噬细胞扫了过来。

"哎唷，好害怕呢。"领头的巨噬细胞微微一笑，轻巧地甩了甩手里的大锤子，"那你来吧。"

哐当！女王菌被一锤打飞，撞到了脑袋。

"痛死了！混蛋，你们很厉害嘛，倒是小瞧你们了。"

女王菌倒在地上，痛得冒出了泪花，十几个巨噬细胞则笑嘻嘻地围了上去。到了这一刻，女王菌似乎终于明白了自己面对的到底是谁，忍不住发起抖来。

"不……不会吧，你们、你们难道是……"

下一刻，一只、两只小金黄色葡萄球菌从女王菌的身体上剥离出来，试图逃窜。

"巨噬细胞都是怪力女，超强的。我才不要和她们打，我要回家找妈妈！"

女王菌彻底慌了。

"你们别乱跑！现在是什么时候，你们闹回家？！"

领头的巨噬细胞脸上绽出一朵明灿的笑容。

"哎呀，哎呀，你们是要拆伙吗？"

女王菌的怒火瞬间被点燃了，它将被裹在纤维蛋白网上已经昏过去的白细胞们甩落在地，一跃蹿到了空中。

"气死我了，你竟然敢小看我？！"

它一个翻身，冲着巨噬细胞攻了过来。

巨噬细胞和单核细胞

巨噬细胞是白细胞的一种，负责捕捉、杀死细菌等异物，并识别抗原及其免疫信息。同时也是体内的清洁工，负责收拾死去的细胞和细菌尸体等。
单核细胞诞生于骨髓中，游走于血液里，进入组织后就成为巨噬细胞。

"姐妹们，它不服气呢，那怎么办？只能打到服气喽。"

随着领头巨噬细胞的一声招呼，砰！女王菌瞬间四分五裂，一只又一只小金黄色葡萄球菌都被砸成血雾彻底消散了。

"这样——"

"我们就打扫完毕喽！"

"干干净净呢！"

巨噬细胞们一边救助着倒在地上的白细胞们，一边开心地笑起来。

3803看到白细胞战士们都恢复了意识，心中的大石头也终于落地。她跑到领头的巨噬细胞面前。

"那个，我听说……巨噬细胞和、和单核细胞是同一个，怎么——"

"嘻嘻嘻。"

巨噬细胞温柔地用食指抵住3803的嘴巴，止住了她的提问。

"嘘，每个女孩子都有一两个秘密呢，是不是？"

她冲着 3803 眨了眨眼睛，于是 3803 彻底忘了自己想问什么了。

有时很温柔，有时很凶残；她们既是保育员，也是清洁工，还是杀手。巨噬细胞有很多张不同的面孔。

至于身为保育员的巨噬细胞和幼年时期的 3803 之间的故事，我们以后再讲……

1

脸上疙疙瘩瘩

- 粉刺 -

这里是"某个人"脸颊皮肤下的世界。

中性粒细胞1146听说有许多战友在这一带断绝了音讯，十分异常，于是独自过来调查。

到达之后，他看到这里矗立着无数工厂，专门生产名为"汗毛"的细小毛发。每个工厂都是独立运作的，分布在各处，并没有连结在一起。

这些工厂有个统一的名字，叫"毛根"。

1146注意到有一家工厂里没有任何开工的迹象，寂静得可怕。他靠近仔细打量，发现汗毛耸立直到皮肤外部，而起到隔绝作用的"皮肤"天花板已经溃烂，有着异物入侵后的明显痕迹。

正对着天花板豁口的地面上，掉落了一顶破破烂烂的白色帽子。那是中性粒细胞特有的帽子。

"这是……"

1146捡起帽子，看到上面的编号是9696。9696正是几天前行踪不明、无法再取得联系的白细胞战友之一。

"毛根区域肯定是出事了。"

1146不由得咬紧嘴唇,认真地审视整个工厂。一步,两步,他握紧拳头,走向静得瘆人的工厂。

工厂入口处明显留有战斗后的痕迹。墙壁上布满了裂纹,似乎被什么东西狠狠撞击过,地面上则散落着各种碎片。

突然,紧贴汗毛、一直通向天花板的钢管发出尖锐的嘎吱声,接着炸开裂纹,从里面冒出某种雾气。

同一时间,安装在1146头部的雷达起了反应。叮咚——,叮咚——,警报声不停地回荡。

哐哐哐哐哐……

只听工厂里传来一阵怪异的震动声,大门的裂纹摸上去甚至是烫的。

"看这个炎症反应,事情绝对不简单。这里到底发生了什么事情?"

1146正打算靠近大门仔细观察,却听到一道尖锐的呵斥声。

"你们一个个的,别想偷懒!"

声音是从工厂后部发出来的,1146悄悄潜了过去。

他躲在掩体后面，看到一群戴着尖帽子、披着斗篷的细胞正用手费力地推着一个安装在工厂外壁上的齿轮。这群细胞里有老有少，有男有女。大部分都着黑色斗篷，只有少数几个是白帽子白斗篷，后者无一例外都是老年人。所有人的帽子尖都长长地拖下来，一直垂到背上。

在这群细胞身后，站立着几只通体发白的细菌怪兽。它们形似蛾子幼虫，身体硕大，短短的胳膊正甩着长鞭，嘴上还骂骂咧咧地不断呵斥着。

"快点儿，都给老子好好干活，生产出更多的皮脂！"

"所有偷懒的，重责一百大鞭！"

（细胞竟然成了细菌怪兽的奴隶，怎么会这样！！）

1146震惊极了。为了更准确地把握情况，他决定继续观察一会儿。

这时，一个正推着齿轮、披着白色斗篷的老细胞咚的一声，脱力摔在了地上。

"长老阁下！"

站在他身后、披着黑色斗篷的少年立刻蹲下身，想要扶老细胞站起来。老细胞看上去很痛苦，耸着肩大口大口地费力呼吸着。少年换算成人类的年纪，也就十岁光景。

"长老阁下，您没事吧？长老阁下！"

形似蛾子幼虫的细菌怪兽拎着鞭子靠了过来。肥硕躯体一伸一缩向前蠕动的样子，简直就是一条恶心的大虫子，体型比细胞们足足大了好几倍。

"哟吼，抓住一只偷懒的耗子！一百鞭！"

长鞭甩出一条弧线，稚弱的少年却张开双臂挡在了大白虫前面。

"住手！不准你对长老阁下动手！！"

"孩、孩子，你快退下。"

长老拼命伸长手臂，试图制止少年。

"切，呵呵呵，真是无谓的反抗。"

大白虫一边奸笑，一边冲少年抡起长鞭。

看不下去了！1146拔出插在大腿两侧的战斗用大刀，飞身冲了出去。

"去死吧，你们这群杂菌！！"

1146 根本不需要瞄准，利落地在大白虫的肚子上划出一道深深的一字型口子。大白虫哀嚎一声倒在地上，抽搐了两下后再也动不了了。

看到自己的同伴瞬间被夺走性命，剩余的细菌怪兽们慌忙往工厂深处躲去。

少年惊讶得睁圆了眼睛，1146 先自报家门：

"我是隶属于白细胞中性粒细胞课的战士，请问你们是？"

少年还没有缓过神来，一个拖着长长斗篷的成年细胞走了过来。

"我们是在这个毛根工厂工作的细胞，名叫毛母细胞，主要工作就是生产毛发。"

1146 接着问："这里到底发生了什么事情？为什么那些大肉虫一样的细菌把你们当奴隶？"

没想到的是，毛母细胞们向 1146 道谢后，面对他的问题，只是面面相觑，迟迟不肯说出原因。

1146 正有些疑惑，一个声音插了进来：

"让我们来告诉你吧。"

从工厂里又走出来两个细胞。其中的女细胞和毛母细胞一样，头上戴着一顶黑色的帽子，帽尖长长地垂到背后，身上裹着一件黑色的长袍；另一个青年细胞戴着与女细胞相同的帽子，上半身没穿衣服，只在下半身穿了条长裤。

穿黑色长袍的女细胞先开口："我是色素细胞，主要负责生产名为黑色素的色素，将毛发染黑。"

上半身全裸的青年接着道："我是皮脂腺细胞。"

两个人交替发言，将最近发生在这里的事情向1146一一道来。

"像蛾子幼虫的细菌怪兽，名叫痤疮杆菌。"

"我们以前都在这个工厂里工作，分别负责生产毛发、给毛发染色、生产皮脂……"

"几天前，痤疮杆菌从外面的异世界入侵进来，我们都被它们关押了。"

"这里已经不再是纯粹的毛根……毛孔，它变成了粉刺！"

毛孔能够分泌出名为"皮脂"的油类。皮脂可以滋润毛发和皮肤表面，保护皮肤不被细菌等侵袭。

当脏东西堵塞住皮脂的出口后，皮脂被迫囤积于毛孔中，而一直等在皮肤表面的痤疮杆菌则伺机钻入，并以皮脂为粮食不断生长繁殖。

痤疮杆菌可以在无氧环境中生存，最喜欢皮脂。堵塞住的毛孔对于它们来说，不亚于天堂。因此，它们入侵后，更加坚定地执行堵塞毛孔的任务。

这件事被巡逻过来的中性粒细胞发现，双方发生了一场激烈的战斗……之后，就出现了很可怕的后果。

至于后果具体是什么样，让我们接着来说。

在色素细胞和皮脂腺细胞向 1146 说明的过程中，其他毛母细胞远远地聚在一起，窃窃私语，脸上都露出了难堪的表情。

"哎呀，那两个家伙，说那些干什么呢。"

"万一被那帮家伙发现我们把事情捅出去了，又要……"

"嘘，快别说了，会被听见的。"

1146 心中诧异，为什么毛母细胞被这样对待了还试图隐瞒呢？就在这时，只听痤疮杆菌尖锐高亢的声音由远及近，又传了过来。

"啥啥啥？都吵吵啥呢！"

"听说又来了个白细胞玩意？"

"竟然敢杀我们的人，胆子很大嘛。"

"找死！"

哗啦啦呼啦啦，几十只大肉虫子细菌蠕动着肥胖的身躯出现在工厂里，正是痤疮杆菌们。

原来是刚才逃跑的几只跑回大本营告状去了。这次过来的痤疮杆菌中，有好几只的个头比1146砍死的那只还要大上几倍。

"痤疮杆菌？！怎么会这么多！"

1146扛起大刀，摆出对战准备，不断缩短与对方的距离。

"大家快跑啊——"

"完了完了，又要遭殃啦！"

毛母细胞们则争先恐后地四处逃窜。

很快，场上只剩下刚才为1146解释的两个细胞、长老，以及另一个小细胞。

"白细胞哥哥，我要和你一起战斗！"

少年咬紧牙关，冲到1146身前，显然是做好了最坏的打算。一只痤疮杆菌张开长满尖牙的大嘴，朝着少年扑了上来。

"危险，快躲开！！"

1146飞扑上去护住少年，痤疮杆菌的尖牙瞬间穿透了他的后背。

啊！痤疮杆菌一个甩头，将1146扔了出去。1146抱紧怀中的少年，两人一起落在了工厂附近一个深深的沟壑里。

"糟了，白细胞君！"

"孩子——"

"哇哈哈哈哈，这个世界可没有救世主呢。噫哈哈哈哈！"

色素细胞、长老担忧的惊呼声，以及痤疮杆菌嚣张的大笑声重合在一起，又逐渐飘远了。剧痛中，1146的意识逐渐变得恍惚。

"……哥……哥哥……你要振作起来！"

少年的呼喊声终于惊醒了1146。

"这里是？！"

1146发现周围一片黑暗，自己正仰躺在地上，而毛母细胞少年蹲在脚边。

"啊，哥哥，你终于醒了！"

少年似乎松了一口气，忍不住哭了出来。

"都是我连累了你，对不起！呜……呜呜……"

"不，你没有做错任何事情。话说回来，刚才是怎么回事？那么多痤疮杆菌，我是第一次见。而且，一个个体型大得异常。你快把你知道的都告诉我。"

少年一边抽泣，一边说了起来。

"刚开始，真的就是很小很小的麻烦。向表皮——也就皮肤的最外层——运输皮脂的皮脂腺被脏东西堵住了，于是皮脂就溢出来，弄得整个毛孔到处都是。一直在边上虎视眈眈的痤疮杆菌于是乘虚而入……痤疮杆菌最喜欢吃皮脂，它们吃啊吃，吃啊吃，像吹气球一样越变越大，数量也不断增多。等我们发现的时候，这里已经被它们完全侵占了，我们全部成了为它们生产皮脂的奴隶。"

少年说到这里，忍不住把脸埋向膝盖，崩溃地大哭起来。1146摩挲着他的后背，安静地继续询问："原来是这样。可是，痤疮杆菌繁衍到这种程度，为什么没有人管呢？我的战友们没有过来支援吗？"

话音刚落，他突然意识到了一件事。

（许多战友在这一带下落不明，难道说……）

"白细胞战士来支援我们了，可是……"

"可是？"

少年站起身，带着1146往豁口更深处走去。

"你看那些。"

等眼睛慢慢地适应了地底的光线，1146看清了眼前的场景，惊得不由一阵踉跄。

"那、那是……脓？！都是白细胞战士们的尸骸！！"

埋葬在豁口底部的，正是无数在战斗中丧失生命的白细胞中性粒细胞战士。他们的尸骸堆得如小山那般高。

我们受伤时，会在伤口上看见白色的脓。

这些脓的真实身份其实是在战斗中被白细胞打倒的细菌们的尸体，以及虽然获胜却伤重而亡的白细胞战士们的尸骸。

我们见到的粉刺，就是痤疮杆菌入侵后毛孔化脓的状态。然而，就算化了脓，体内白细胞与痤疮杆菌的战斗依然在继续。因此，我们有时候会感到皮肤发烫、发热。

可以说，只要还有一只细菌存在，白细胞战士们以生命为赌注的战斗就不会结束。

面对曾经的战友们，1146悲伤得说不出话来。少年看着他的背影，眼眶湿润。

"他们所有人，都是和哥哥一样勇敢的战士。可是，可……呜呜……可是……最后成了这个样子……呜呜……"

他好不容易止住眼泪，擤了擤鼻涕，继续往下说。

"所以，毛母细胞的长老阁下和大人们共同做了一个决定。

"'毛根是我们的故乡，是我们的居住之所，也是工作之地，毫无疑问，它对我们来说非常重要。但是站在整个世界的角度来看，不过就是一个毛孔而已。

"'现在，已经有无数的白细胞战士为了我们死去，难道还要增加更多无谓的牺牲吗？绝对不可以。所以，我们就老老实实地当奴隶吧。当奴隶，被榨干最后一份力气，大不了就是消亡。孩子们，也请你们理解……'

"长老阁下是这样说的，可我不服！我们毛母细胞明明那么努力，不但生产毛发，还将身体不需要的垃圾排到体外异世界去，还负责调节体温、保持体表湿润。"

"……原来是这样啊。"

"我、我要是有白血球战士们一样的勇气，也可以战斗的……"

少年真挚的正义感，以及毛母细胞们不希望白细胞战士再为自己牺牲的善意，都深深地触动着1146的心灵。

"呜呜，呜呜，吸——，呜……"

少年拼命忍住自己的啜泣声。1146 正对着他，从屁股兜里拿出一顶帽子。这是他刚才在路上捡到的 9696 的遗物。他轻轻地把白帽子套在少年垂到背上的尖帽子之上。

"这个就交给你了，你要保护好它。"

做最坏的准备，尽最大的努力，既然是自己应该做的事情就勇敢去面对。这是 1146 一贯的行事准则。

他从裤兜里拿出便携式通信器与其他战友联络：

"我是 1146，我是 1146。在上次提过的毛根区域发现痤疮杆菌老巢，请附近的战友尽快过来支援。对手很强大，切勿轻视。"

"欸?！但、但是……"

少年伸手试图阻止 1146，1146 平静地说道：

"无论对整个世界的影响多小，既然细菌已经入侵并且繁衍，就没有放过的可能。这是我——是我们的职责所在！"

"白细胞哥哥……"

少年还想说什么，1146已经转过身去了。

1146顺着豁口的断崖往上攀援，刚探出脑袋，就看到一只痤疮杆菌在踹毛母细胞。

"呵，想偷懒？罚一百鞭，给我滚到那边站好！"

唰，唰，唰……一道道鞭子抽在毛母细胞的身上，毛母细胞发出痛苦的呻吟。

（绝对不能原谅！）

1146挥舞大刀，迅猛地往前冲。他沉默地高高跃起，将刀刃抵在痤疮杆菌的脑袋上。

"哇哇哇哇哇哇！"

随着一声尖叫，其他痤疮杆菌也注意到了这边的动静，纷纷从工厂各处一蹭一蹭地挪了过来。趁着这个工夫，1146已经将第一只痤疮杆菌送上了西天。

一只痤疮杆菌看傻瓜似的打量着1146，看样子它应该是这群痤疮杆菌的老大。

"哦吼，你不是那个早就该死掉的白细胞吗？竟然还活着，很有意思！我愿意给你颁发荣誉，嘉奖你为痤疮杆菌大王的'白细胞尸体收藏展'添砖加瓦。哦，痤疮杆菌大王不是别人，正是不才！"

痤疮杆菌大王张开血盆大口，亮出尖牙。

"小子，你也去化脓吧！"

"哼，在那之前，我要先解决掉你！"

1146一个纵跃，大刀指向痤疮杆菌大王的嘴唇，身体借力腾空，巧妙地躲开对方的獠牙，最后飞落在对方的脑袋上。

整套动作干净利落，潇洒帅气。从工厂赶过来的色素细胞和皮脂腺细胞禁不住为他加油。

"白细胞，你要小心！"

"千万别掉下来！"

1146在痤疮杆菌大王肥硕软腻的背上疾行，一把砍下它的尾部。体液喷溅而出，落得到处都是。痤疮杆菌大王痛得不断翻腾躯体，使劲挣扎。1146紧紧抓住插在对方背上的大刀，谨防被对方甩下去。

其他毛母细胞也聚了过来，纷纷为1146鼓劲，大家的声音越来越大。

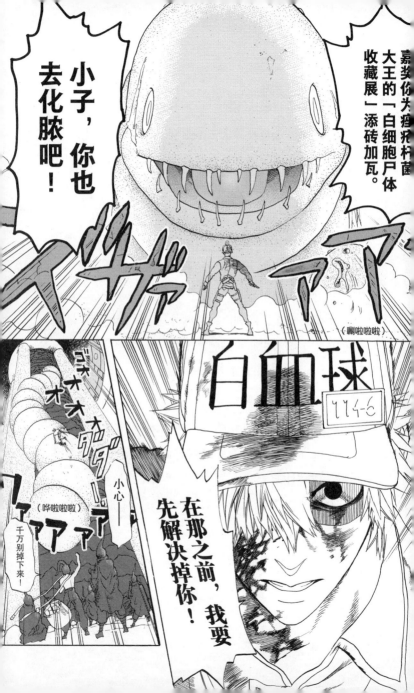

"天哪，他好厉害啊……"

"加油！"

痤疮杆菌大王抻起脖子，扭转身体，用獠牙去啃背上的 1146。

"去死吧——！"

1146 矮下身子，躲开对方的利齿，再反手抓住痤疮杆菌大王血盆大口的左端，将大刀狠狠扎进对方的左眼。

"痛痛痛！娘的，老子要揍死你，把你揍成肉泥！"

痤疮杆菌大王拼命甩动脑袋，试图将攀住它嘴巴的 1146 甩到工厂的墙壁上。

1146 被甩出去后，在空中抱紧膝盖一个转身，再哒的一声踩在工厂与毛发间形成的高度差——角质层上借力，最后稳稳地落地了。他再次摆好架势，端起大刀。

身边的毛母细胞纷纷议论起来。

"哇，那个白细胞太牛了。"

"真行啊！"

"搞不好能赢诶。"

听着毛母细胞们的欢呼声，1146感到身体里涌现出源源不断的力量。他瞪着痤疮杆菌大王，尖锐地质问道：

"真是不可思议。凭你这肥硕的身体和迟缓的动作，绝对不可能杀死那么多白细胞战士。说，你到底耍了什么卑鄙的手段？"

痤疮杆菌大王气喘吁吁地瞪了回来，并没有正面回答1146的问题。

"不错嘛，白细胞小子。不过，接下来我就会让你知道我的厉害！别着急，我会让你慢慢地、慢慢地尽情享受痛苦，就像你的那些同伴一样！哦哈哈哈。"

"你什么意思？"

痤疮杆菌大王无视随时可能冲上来的1146，一口咬住附近的皮脂腺，用獠牙戳出一个洞。吸咻，吸咻，它不断吮吸着流出来的皮脂。很快，不可思议的一幕发生了：痤疮杆菌大王身上的伤痕眼见着全部消失不见，肌肤的色泽甚至变得更加亮丽。它浑身充满力量，发出满足的一声大叫。

（不管受到多大打击，只要有皮脂补充，就能够原地快速回复，原来这就是它的绝招！那岂不意味着，我们永远都无法打败它？）

1146终于明白了痤疮杆菌的秘密，心中充满绝望，不由得咬紧牙关。

看着满脸不甘的1146，痤疮杆菌大王轻蔑地笑了。

"哇哈哈哈哈哈！怎么样，小子！这就是地利之便。这里蕴藏着无数的皮脂，可以说是我们痤疮杆菌的大粮仓。而皮脂，都是小奴隶们心甘情愿奉献给我们的呢。"

话音未落，痤疮杆菌大王开始用硕大的身体攻击1146。此处场地狭窄，1146根本没有躲避的空间，瞬间被弹飞了出去——

"啊啊啊！"

"糟了！"

站在汗毛正下方、工厂后门观战的毛母细胞

们，不由得散发出绝望的气息。被人扶着才能勉强站立的长老，深深地叹了一口气。

"果然还是这样，打不过啊。那个白细胞也逃不过成为脓的命运。我们放弃吧，不过就是一根毛而已……"

长老的话刚好传进毛母细胞少年的耳朵里。少年费了九牛二虎之力，才刚从洞口底攀着断崖爬了上来。

他用手攥紧1146刚才为自己戴上的帽子，一点不错眼地盯着，脑海中不断回荡着1146说的话：

无论对整个世界的影响多小，既然细菌已经入侵并且繁衍，就没有放过的可能。这是我——是我们的职责所在！

少年咬住了下嘴唇。

"呜呜呜，长老阁下……"

眼泪从眼眶中奔涌而出，他看着长老，握紧拳头。

"长老阁下……你就是个傻子！！"

少年冲向长老，连着揍了好几拳。周围几名毛

母细胞见状，赶紧按住少年的肩膀，扶起脚下被打
晃蹲伏在地上的长老。

"孩子，你对长老阁下做了什么？！"

一个大人指责道。少年拂开他的手，还想往蹲
在地上的长老身上撞。

"白细胞哥哥说了！不管我们对整个世界来说
影响多小，他都会为我们战斗，那是他的责任。

"就算只是一根毛，这里……也是我们最宝贵
的故乡，难道不是吗？

"白细胞哥哥，还有那么多死去的白细胞战士们，
他们就是为了我们这根毛，一直在战斗。我们要是
现在放弃了，怎么对得起他们，怎么对得起自己！"

"孩、孩子……"

面对一边抽泣一边控诉的少年，长老的眼睛里
也闪现出泪花。

"长老阁下，顶撞您是我的不对。可是……我、
我——"

"长老阁下！"

"长老阁下……"

不知道什么时候，少年的身后已经聚集了一堆人，有成年毛母细胞，有色素细胞，有皮脂腺细胞。

色素细胞说道："长老阁下，我们的想法和这个孩子的一样。"

皮脂腺细胞宣告道："现在，是时候站起来了！我们不做奴隶！"

随着这声强有力的宣告，垂在背上长长的帽子尖唰地朝着天花板高高竖起。所有人的眼睛里都闪烁着凛然、坚定的战意。

"你、你们……"

"请允许我们去战斗吧！"

人体的皮肤天花板上分布着许多毛孔，毛发就是从毛孔穿出去，笔直长到外部异世界的。此刻，1146正顺着汗毛往上爬。

他一边以毛孔墙壁上的凹凸、高矮不同的毛作为落脚点不断移动，一边与钻进毛孔缝隙的痤疮杆菌大王战斗。痤疮杆菌大王的打算是将1146重创后从高空摔落，使他化为脓的一分子。

1146 这场仗打得十分艰难。汗毛从毛根底部生长出来，沿路也安装了皮脂运输管道。这些管道堵塞后，逐渐膨胀并龟裂，溢出来的皮脂就牢牢地吸附在汗毛上。皮肤天花板上的毛孔也是同样情况。这意味着痤疮杆菌有源源不断的粮食和弹药供应。不管他砍多少刀，痤疮杆菌大王只要吸食皮脂，就能恢复如初。他看不见战争结束的曙光。

可是，即使已经遍体鳞伤，气喘吁吁，1146 的斗志仍没有半点动摇。

（为了在这里工作的所有人，也为了被残忍杀害的战友们，我一定要消灭这家伙！）

痤疮杆菌大王每次吸食皮脂后，不但创口能够恢复，体型还呼呼地变大。眼见着天花板的出口就在眼前，1146 却被它追上了。

（糟了……）

再往前就是异世界。一旦被放逐出去，就再也没有回来的可能。为了避免这种情况，只能按下细胞黏附分子 L–选择素装置的开关。它就藏在 1146 的作战服下，是一种能帮助细胞黏在毛孔墙壁上的安全装置。只是，该装置一旦开启，白细胞就再也无法动弹，极大可能会被痤疮杆菌大王碾碎。

1146 只能继续战斗。可是痤疮杆菌大王的身体过于肥厚，大刀即使砍中它，也没法对它造成致命伤害。

"不甘心啊……"

1146 已然穷途末路，无计可施了，痤疮杆菌大王得意地笑起来。

"小子，不错啊。没想到你竟然能坚持到现在——不过，也只能到这里了！"

呜哇，它张口大嘴露出锃亮的尖利獠牙。

"这就送你见阎王！"

痤疮杆菌大王冲着紧贴在墙壁上的 1146 狠狠撞了过去。它用尽全力的大脑袋，威力不下于铁锤。

1146 注视着痤疮杆菌大王的动作没有动，直到最后一刻才惊险地避过。如他预想的，对方的脑袋果然嵌在了墙壁上。

然而，墙壁上出现的裂缝比 1146 料想的要大上许多。他脚下的借力点刚好被散落的碎墙皮砸中，带着1146一起摔了下去。

"哇哈哈哈，成功了，老子赢啦！"

痤疮杆菌大王的欢呼声响起。

"嗨哟，嗨哟，嗨哟。"

毛姆细胞们一边齐声喊着号子，一边用力按压着连接皮脂腺总闸的长棍，试图打开闸门。

"得全部打开，大伙儿使劲啊！"

长老在旁边指挥。

"嗨哟，嗨哟，嗨哟。"

少年也混在一堆大人中，拼命地转动阀门。

"我们再也不会任人摆布，再也不会了！"

"我们的工厂，我们自己来守护！"

毛母细胞们纷纷互相鼓劲。

"到目前为止，我们生产出来的皮脂都存在罐子里，有很多很多！"

皮脂腺细胞应和道。

"把皮脂全放出来！总而言之，总闸开到底！"

长老再次强调道。

"哼，痤疮杆菌，那么想要皮脂，我们就都给你！"

毛姆细胞们充满了斗志。

"嗨哟，嗨哟，嗨哟。嗨哟，嗨哟，嗨哟。"

嘎吱吱——，随着一阵钝响声，阀门终于松动了。

痤疮杆菌大王探着大大的脑袋，往1146掉下去的洞穴底察看。

"死了没？那家伙也能为本大王的尸体收集事业添砖加瓦了吧……嗯？"

它隐约听见"嗨哟、嗨哟"的口号声，其中还夹杂着液体"咕嘟咕嘟咕嘟咕嘟"上涌的声响。

"什么声音？"

痤疮杆菌大王没有疑惑很久，下一刻，汗毛与墙壁间就充满了液体，并以极快的速度往上涌。

"啥……发、发大水？！不对，是皮脂！！"

它终于开始慌了。

"呀，糟了！再怎么好吃，这么多我也吃不消啊，会被淹死的！我得技术性后退——暂时去外部的异世界躲躲风头！"

然而，痤疮杆菌大王庞大的身躯令它无法灵活转动。它一扭一扭费劲地往缝隙里钻，却被卡住了。

"呵，皮脂吃太多了，你个蠢货！！"

乍听到一个低沉锐利的声音，痤疮杆菌大王心中一惊，忙低头往下看。只见皮脂洪流就在身下不远处，而端坐在洪流浮块上已经做好战斗准备的，不是别人，正是本该掉下洞穴的1146！

原来，在千钧一发之际，1146按下了安全装置的开关，得以紧贴在墙壁上，没有掉到底下去。在毛母细胞们打开总闸后，皮脂不断上溢形成洪流，上面漂浮着好多碎片，1146趁机跳了上去，并以此为台阶重新上来了。

锋利的刀刃闪着耀眼的光泽，他将全身的力气凝于大刀，朝着痤疮杆菌大王的要害之处狠狠砍去。

"去死吧，杂菌！！"

"啊啊啊啊啊!"痤疮杆菌大王惨叫着被击落在皮脂洪流中,终于没了气息。

然而,它庞大的身躯下落时溅起巨大的水花,激得水面上的碎片整个翻转了过来,失去着力点的1146也跟着掉进了皮脂洪流……

接到1146的支援请求后,和他关系比较好的4989与2048一马当先,其他众多白细胞战士则紧随其后。没了大王指挥的痤疮杆菌们发现情况不对,聚在一起试图反抗,却被一个不落地消灭掉了。

战斗结束后,毛母细胞长老和少年向4989与2048说明了情况:

"……事情就是这样的。之后,那位英勇的白细胞大人下落不明,他到底去了哪里……各位白细胞大人,都是我们的错,恳请你们原谅我们!"

"白细胞哥哥……哥哥……"

少年握紧9696的帽子,哭得不能自已。那是1146之前送给他的帽子。

4989 与 2048 对视一眼，点了点头。

"没事的，你们别介意。"

"我们再去那边找找看。"

安慰完毛母细胞们后，他们扬声招呼其他战友。

"喂，我们一起去找 1146 吧。"

就在这时，咔哒一声轻响，他们脚边的铁丝网裂开了，从中探出一双滑溜溜、黏糊糊的苍白的手。

"呀啊啊啊！"

毛细胞长老吓得尖叫起来，白细胞战士们则瞬间做好了迎敌的准备。

"哥哥？"

听到少年的叫唤，在场的白细胞们仔细打量刚刚探出半个身子的"东西"——正是浑身上下沾满油脂、滑溜溜、黏糊糊、湿答答的 1146。

1146 费尽九牛二虎之力终于爬回地面，他长舒一口气，低头检视自己的身体。

"我……似乎是掉进了皮脂管道的裂缝里，往外挣的过程中，身体被皮脂包裹住了，变得滑不溜秋的。"

他抬起头，正好与对面的毛母细胞少年对上了眼。少年的眼睛因为浸润着泪水，显得格外黝黑透亮。

1146握紧右手，又竖起大拇指：我们赢了哟。

眼泪瞬间喷涌而出，哭成泪人儿的少年紧紧抱住1146。

"大哥哥！"

少年的身体也蹭上了滑腻腻的皮脂，他朝着1146大声说：

"谢谢你，谢谢你，大哥哥！"

其他毛母细胞也靠了过来，长老代表大家致谢：

"非常感谢您。您守卫的这根毛，从今往后，我们会一直一直用心地去对待，直到它寿终正寝自然脱落为止。"

少年离开1146的怀抱，摸索着从屁股兜里掏出一个东西。

"那、那个，大哥哥……"

"嗯？"

"这、这个，是我的一点心意！"

看着被塞进手里的东西，连一直面瘫的 1146
脸上都不由得绽出了一朵微笑。

红细胞 AE3803 依旧在勤勤恳恳地工作。她刚
刚将二氧化碳送至下巴附近，正打算返回肺部。等
她回过神来，才发现身边的红细胞都有些异样。

"看，那是什么？"

"是……中性粒细胞吧？"

3803 顺着他们的视线疑惑地看了过去。

只见一个湿漉漉、滑溜溜、黏糊糊、光亮亮、
白乎乎、浑身都是油的人，就在眼前不远处走着。

那个背影看上去很熟悉。

"白、白……细胞……君？欸？？"

3803 看了一次、两次、三次，终于确信眼前
的人就是 1146。

只是，他与平时不同，白帽子上还套着一顶黑
色的帽子，帽尖长长地一直垂到背上。

（每种细胞都有特定制式的帽子，代表这个人所

从事的工作内容和所属单位。所以，这是怎么回事？）

3803小跑着追上1146，再回身仔细打量一番，最后指着他的黑帽子问：

"你，换工作了啊？"

"……没，就是……稍微有点情况。"

这其实是毛母细胞少年为了表示感谢特地送给1146的尖帽子，不过1146并不打算大肆宣扬。状况不明的3803自然就不知道是怎么回事了。

只是，她能感受到，此刻1146的内心应该很满足。瞧，他的嘴角比平时翘起了一点点呢。

"你这次又干了很多了不起的活吧！"

3803笑着说，1146用力地点了点头。

就在这时——

"哎呀，总算找到了。"

"我说你一个大油人，就别在路上走了，快来这边！"

4989和2048赶了过来，一左一右拽住1146的胳膊把他领走了。

（欸，干什么？等一下，我们话还没说完呢……）

3803 也赶紧追了上去。

马路边分布着许多白细胞专用休息室。在其中一家休息室里，1146 正被 4989 和 2048 兜头浇了好多洗涤剂，两个大男人边嘟囔边用刷子使劲刷。3803 就待在附近的露台上，继续等着 1146。

1146 裹着湿漉漉的作战服，被粗暴地揉搓着。4989 开始教育道：

"我说你这个家伙啊，也要对自己好一点儿。一个对自己都不好的人，怎么可能对别人好呢？"

"知道了，我会注意的。谢了。"

2048 号也一边抱怨，一边干劲十足地清理1146 身上的秽物：

"哎哟喂，这皮脂简直太难清理了，怎么都洗不掉呢？"

吭哧吭哧，咔嚓咔嚓，哐哐哐哐哐哐。看着他们如此费力地搓洗 1146，在一旁注视的 3803 忍不住着急。

（你们下手倒是轻一点儿啊……）

2

红细胞的幼儿时代

- 骨髓保育园 -

有一天，红细胞 AE3803 在工作中又迷路了。

她推着一辆小车，车上装着放满氧气瓶的箱子。她转了一圈又一圈，一圈又一圈，一不留神似乎走进某根大骨头的血管里了。是的，你没看错，人体的骨头里也分布着血管哦。

"呜……又迷路了。这路也太难走了，我受不了啦！"

3803 放弃地从红夹克的口袋兜里掏出一张地图，努力研究起来。

"我现在到底在哪儿呢？"

完全没有一点头绪。她无奈地环顾四周，却发现附近竖立着一座很面熟的建筑。

"嗯……？欸？！这里难道是——"

3803 朝着眼前的庞然大物走过去。从外面可以看到，这座大建筑里分布着很多类似校舍的楼。每幢校舍都铺着红色的砖瓦，看上去十分古色古香，透露出一股舒适的气息。

　　校舍与大门间则横亘着一片大庭院，绿色的草坪透露出蓬勃的生机，很多保育园年纪的小孩正在上面玩耍。其中大部分小孩都戴着红色的帽子，穿着红色的连衣裙，或者白色衬衫与红色短裤。个别也有几个戴着白色帽子，穿着白色衬衫和白色短裤。

　　陪在他们身边的，是戴着白色围裙的巨噬细胞。

　　"哇，竟然是红骨髓学园……好怀念啊。"

　　原来这里是3803成人前上学的地方，它涵盖了从保育园到职业学校等细胞在人生各阶段所需的学习课程。这种一体化的学校在大骨头和粗骨头中多有分布。

　　可以说，这里也是血细胞们最亲爱的故乡。它们生于斯长于斯，在这里学习各种知识，度过整个幼儿及少年时代。

　　"我也是从这里长大的呢……"

　　3803抬头看着校舍，脑海中不由得浮现出自己幼年时代的事情。

　　不过，在记录3803的回忆前，还是让我们先来了解一下她出生的地方吧。

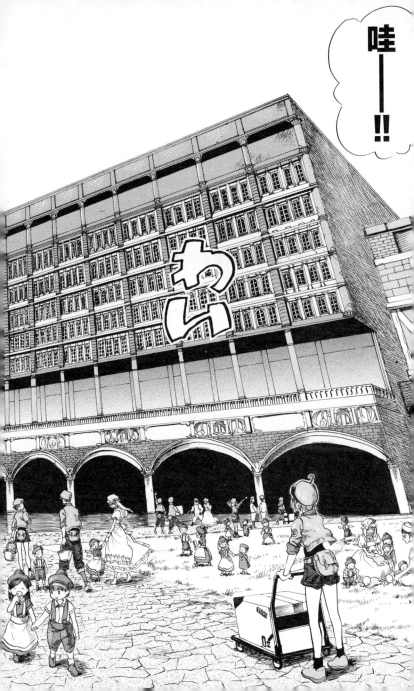

血细胞，也就是血液中的细胞，他们诞生于红骨髓中。红骨髓主要分布在人体肩部、胸部、腰部（骨盆）等的骨头中。这些骨头骨质稀松，有网眼，其中就分布着海绵状的骨髓。

骨髓又可分为红骨髓和黄骨髓。前者呈红色，年纪小且能制造出血液细胞；后者呈黄色，年纪大且无法再生产血液细胞。

平时我们说的骨髓，一般都指红骨髓。红骨髓对于人体来说十分重要，血液细胞正是在这里出生、成长，并被决定将来要从事的工作。

血液细胞和免疫细胞在诞生之初，被统称为干细胞。此时他们还不知道长大后具体要做什么。

只见一个长着红头发的小女婴从生产装备里出来了，护士把她接了过去。护士是造血干细胞，她主要负责生产血液细胞并决定其未来的职业方向。

"这个小家伙将来做什么好呢，红细胞怎么样？正好是红头发呢。"

她看着怀里的小女婴，与身边的细胞商量。

"很好的主意呢。"

"看上去她也不适合其他工作。"

"嗯，一脸乖巧，应该不太能战斗。"

于是，就这么愉快地决定了。红头发的小女婴被穿上了红色的婴儿服，围嘴上的编号赫然是"AE3803"。

上述过程叫作"分化"。它决定了 AE3803 小女婴将来会成为一个红细胞，从事搬运氧气和二氧化碳的工作。

护士们手脚十分利落，将源源不断生产出来的小婴儿——干细胞一一安排好。

"你们看一下，预计成为嗜酸性粒细胞的婴儿数量够吗？"

"那我来看看原始粒细胞。原始粒细胞中，预计成为中性粒细胞的数量已经足够，预计成为嗜酸性粒细胞的还不够多呢。"

"这样啊。那再分给我两个适合成为嗜酸性粒细胞的婴儿吧。"

"大部分婴儿都比较适合成为红细胞，乖乖的。能够成为原始粒细胞且运动能力强、勇敢的婴儿有什么特质呢？这个看着不错，哭得又大声又持久。"

挑选出来的婴儿被穿上了白色的婴儿服。

婴儿服的颜色是有讲究的，根据其颜色，婴儿们会被送往相应的保育园中。

此刻，穿着红色婴儿服的3803还只是一个原成红细胞，经过一段时间的学习和练习后她会变为成红细胞，而距离正式蜕变成为独当一面的红细胞还要不少时间哩。

已经成为成红细胞的3803每天待在骨髓保育园里上课。换算成人类的年纪，差不多是四五岁。

除了3803外，这里还有许多年纪相仿的成红细胞。每个人都戴着红色的帽子，帽子上缀着一个红色的大球球。其中女孩身穿红色连衣裙，男孩则穿白色衬衫和红色短裤。

红色的大球球名为"核"，等成红细胞们学完足够的知识毕业时，就可以摘下它——准确来说，老师为学生摘下核是毕业典礼上最重要的仪式。该仪式又被称为"脱核"，从此之后，成红细胞就彻底变成红细胞了。

在 3803 的记忆中，细胞们通过游戏的方式学习将来的工作内容，每一天都过得很欢乐。

保育园中负责照看小细胞们的，正是巨噬细胞老师。

"大家早上好啊！所有小朋友都到齐了吗？为了将来能成为了不起的红细胞，今天也要努力学习哦。"

"老师，我们会努力的！"

小成红细胞们用木制玩具小车来代替手推车，用布块积木来代替氧气瓶。然后，大家一起在保育园的大厅里练习如何穿越迷宫。

"看我来运输氧气！"

一帮活力四射的男孩率先推着小车闯进了迷宫里。

"我们去上班喽。"

女孩们也毫不示弱。

"好的呀，路上小心，要加油工作哦。"

巨噬细胞老师总是很温柔地为大家鼓劲。

3803也从大箱子里取出布块积木，整齐地码在小车上。

"好嘞，我也去干活啦！"

她干劲十足地出了门，结果……

"欸？怎么是条死路！"

3803退回原点，试着朝其他方向走去。然而，还是走不通。

"是这边吗？不，不对。……还是这边？呃，这边不对，那边也不对。哎呀，到底怎么走嘛！"

她在同一个地方绕了一圈又一圈，终于累晕倒在了地上。其他同学看见后，赶紧叫来巨噬细胞老师。

"老师老师，有个小孩迷路，把自己转晕啦！"

"哎呀呀，这可不得了。"

巨噬细胞老师忙赶到现场，扶起地上的3803。

3803既不好意思，又不甘心，小小年纪就遭受如此重大的挫折，哇的一声大哭起来。

"乖哦乖，不哭哈不哭。没关系的，你还小，以后慢慢地就不会再迷路了。不要慌哦。"

巨噬细胞老师温柔地摩挲着3803的头，3803用手背擦去脸上的泪水。

"知道了，谢谢老师……"

那一天看上去和平时并没有什么不同。

到保育园后，巨噬细胞老师对小细胞们说："小朋友们，你们要知道，血管中不可能一直风平浪静。不知道哪一天，可能就有很可怕的细菌怪兽入侵了。

"为了确保大家今后都能顺利地从细菌怪兽手下逃脱，我们需要提前学习相关知识。今天要进行的就是避难演习。等演习开始后，大家看到细菌就马上躲到安全的地方去。明白了吗？"

"明白啦！"

"为了有更逼真的效果，今天我们特地邀请了一位中性粒细胞来扮演细菌怪兽，大家欢迎——"

中性粒细胞大叔穿着白色的作战服，戴着白色的帽子。他笑嘻嘻地和大家打招呼："你们好啊，等一下要好好配合哦。"

这位大叔也是一位老师，在保育园隔壁的骨髓小学里教髓细胞班的小朋友。髓细胞班上的小朋友长大后，都会成为白细胞。

坐在3803旁边的小男孩捅了捅3803，嘲笑道："你这家伙一定会迷路，然后被怪兽吃掉！"

"你瞎说。"3803抗议道，但其实心里充满了焦虑。

看到小男孩一直咋咋呼呼地吓唬3803，中性粒细胞老师举起右手上戴的绿色怪兽玩偶靠近小男孩，打算吓他一吓。

"小鬼，上课要认真听讲哦，不然就吃掉你！"

小男孩看见怪兽玩偶，果然害怕了，赶紧把嘴巴闭得紧紧的。

3803也很害怕。眼前的怪兽瞪着一只铜铃大小的巨眼，嘴巴张得老大，万一在现实中遇见怎么可能跑得掉嘛！

"老师，我……我要是迷路了，该怎么办啊……"

3803 战战兢兢地举起手提问。

中性粒细胞老师笑了。

"别害怕。"巨噬细胞老师回答道,"你们都还是孩子,是无法走出骨髓——也就是我们学园的。只要你们还在这片骨髓中,那么老师就肯定能够找到你们,保护你们。"

(可是,学园那么大……我只能求上天保佑,千万别让我迷路了。)

3803 在心里默默地祈祷,这时,一个和她关系好的小女孩牵起了她的手。

"3803,你要是害怕,就和我在一起。好不好?"

"嗯?嗯嗯!谢谢你呀!"

3803 心里松了一口气,忙不迭地点头。

"那么,小朋友们都准备好了吗?预备——开始!"

巨噬细胞老师已经示意完毕,中性粒细胞老师却似乎还在状况外:"呃,这就开始了?"

"是的呢,请开始您的表演!"

巨噬细胞老师话音刚落,中性粒细胞老师的脸色就彻底变了，宛如恶鬼一般狰狞，他挥舞着手上绿色的怪兽，气势汹汹地喊道：

"哇哈哈哈！细菌大王来巡山，这里有没有红细胞啊啊啊啊？"

他的表演是那么活灵活现，小成红细胞们都吓了一大跳，哇的一声大哭起来，紧接着啪嗒啪嗒四处逃开了。

3803也早就忘了要和小女孩手牵手的约定，一个人拼命跑起来。逃！总之要逃得远远的，逃到一个没有怪兽的地方去！

3803拼尽全力跑出保育园大门。她跑啊跑，不知不觉中，竟然跑到了一个完全陌生的学校。

这里其实是隔壁小学的老校区，现在已经不再使用了，但3803是第一次来，她完全不知道。

她只知道这里很大，没有一个人，又脏又破，到处都是灰尘……

3803在旧校区里转了一圈又一圈，试图找到回保育园的路，却始终没能成功。她累得再也走不

动，哭着坐在了走廊尽头。

"呜……呜呜……又迷路了……我既怕细菌，又爱迷路。就我这样的，肯定成不了红细胞……"

这时，外面传来一道充满活力的声音。

"我给您送氧气来了。让您久等了！"

（咦，氧、氧气？）

3803朝声音传来的方向走过去。此刻她在的地方是二楼，一道像桥似的连廊上。3803谨慎地从连廊扶手的缝隙往下张望。

只见几个年轻人正在搬运箱子。他们都戴着红色的帽子，穿着红色的夹克。看来老校区大门处的岗亭现在成了货物交接点。

护士打扮的细胞和巨噬细胞保育员接过好多箱子。

"总是麻烦你们，太感谢了。另外，请把这些二氧化碳带回去。"

"好的。那么，我们先走了。"

"哎，请等一等，我也要一瓶氧气！"

"好的，请您稍等，我们马上过去！"

"还有我哦。"

"知道啦!"

这些脸上绽放着灿烂笑容、手脚麻利的年轻人,在幼小的3803看来,简直帅气无比。

(太帅了,难道他们就是红细胞……有一天,我也能够像他们一样吗?)

3803入迷地看着底下红细胞们热情工作的模样,突然听到旁边传来一个声音。

"哟,你在这种地方干什么?"

3803转过头,发现眼前的东西和中性粒细胞老师戴在手上的玩偶长得一模一样。

"啊,老师您来了。我跟您说哦,刚才——"

她正说着,却见玩偶出其不意地探出一条触手卷住3803的身体,紧接着以飞快的速度往走廊方向退去。

"呜哈呜哈呜哈……小家伙,你落单了吗?哈哈,真是太好了!"

对方把3803端放在地板上,但没有松开触手,只凑近脸细细打量。

"你，是成红细胞吧，也就是红细胞小崽子？"

绑架者是一条全身绿色的大肉虫，身体两侧长着好几条像脚一样的触手，只有一只大眼睛，此刻正恶狠狠地盯着3803，还张着血盆大口……它长得和中性粒细胞老师戴在手上的玩偶一模一样，体型却是那个的十倍之大！3803哆嗦着问：

"你、你是……老师戴在手上的玩偶吧？避难演习的……"

"玩偶？"对方闭上它的独眼，傲慢地回答道，"嗯哼，老师？你这样叫我，也未必不行。毕竟，我是远高于你的存在。不过，不是哟——"

啪，它的独眼又睁开了。

"大爷我不是玩偶，大爷我是绿脓杆菌本尊！！"

绿脓杆菌是一种能够在各种环境下生活的细菌，尤其喜欢潮湿，在浴室、厨房、厕所等地广泛存在。

它还寄居在人类的皮肤上，伺机入侵人体内。

不过，和其他众多细菌怪兽不同，绿脓杆菌并不以血管中输送的营养物质、红细胞为食物，也并不爱占领人的身体。

因为它几乎不需要营养物质和氧气，就算完全没有也可以存活。

那么，绿脓杆菌为什么要入侵人体呢？因为它喜欢欺负弱者。——是的，世界上就是有这样心理扭曲的细菌怪兽！

绿脓杆菌既没有很大的野心，也没有很强的战斗力。只有一点，它的耐药性很强。

对于健康的普通人来说，绿脓杆菌没有丝毫威胁性。可是对于老年人或者体弱者，这种细菌杂碎的毒性也足够伤害到他们。

"呜哇！"

3803尖叫一声，开始拼命逃窜。

"啊啊啊，巨噬细胞老师，快来救救我啊！"

"哈哈哈，小家伙，你想去哪儿啊？"

绿脓杆菌不慌不忙地追着3803，似闲庭散步。

3803像无头苍蝇般在老校区里乱转，最后在

走廊尽头发现了一扇门。门上写着几个大字：前方为血管。

这里是以前的货物交接点，可 3803 并不清楚。

"啊，太好了，有一扇门！"

3803 使出吃奶的力气用双手去推，门却纹丝不动。

"打不开！为什么会打不开啊?！"

下一秒，她红色贝雷帽上缀着的大球球发出红光，紧接着一个人工警示音出现：成红细胞不允许走出骨髓。

"天哪，现在不是说这个的时候啊！"

无奈之下，3803 只能转身去寻找其他的路，绿脓杆菌的触手却伸过来绊倒了她。

"小成红细胞，为什么像我这样既不需要营养成分也不需要氧气就能生活的细菌特地来人体内，你不好奇吗？我告诉你哦，这是因为——"

绿脓杆菌的巨眼突然凑近 3803 的脸。

"我最喜欢欺负软弱无力的细胞，啊哈哈哈哈哈！"

独眼怪不断用触手的前端拍打 3803 的脸颊。

"呜啊啊啊啊啊啊啊啊啊啊！"

3803 被扔在地板上，惊疼之下，哭得上气不接下气。

"小家伙，要不我给你个痛快？"

（我要死了……）

"哟哟哟，真是可怜。你还这么小呢，就再也看不到明天的太阳，再也无法感受成人的乐趣了。"

（成人……红细胞……）

3803 的脑海中骤然浮现出刚才看到的那几个年轻红细胞认真工作的身影。

（他们真的好帅啊……）

"不过，这就是命。你就安心去吧！"

（对，红细胞是最帅的！）

3803 挣扎着跳了起来，接着扯开嗓子大声尖叫。

"啊啊啊啊啊啊啊啊！"

绿脓杆菌当下一惊，3803 趁机把头上的帽子朝它扔了过去。

帽子上的大球球刚好打到细菌怪兽的独眼，怪兽下意识地身体往后仰。

"呜啊啊啊，我的眼睛！"

趁这个间隙，3803赶紧捡起地上的贝雷帽，重新戴好，拼尽全力跑了起来。逃！此刻的目标就是一个字：逃！

（我、我才不想死在这种地方呢！因为就算是这样的我，也有可能成为帅气的红细胞！）

"给我站住！你个臭小妞！"

绿脓杆菌追了过来，眼瞅着就要抓住3803。

"住手！"

随着一道稚嫩的男音，一个白色的身影从窗户跳了进来。他将3803挡在身后，面对着气势汹汹的绿脓杆菌。

来人戴着白色的帽子，穿着白色的T恤和白色的短裤，用人类来换算的话，差不多是刚上小学一二年级的男孩。他的头发也是白色的，刘海略长，挡住了右眼。

面对体型比自己大得多的绿脓杆菌，男孩毫不胆怯，喊道：

"杂菌！你要是敢对这个世界的血细胞出手，就别想活着回去！"

他从腰上绑着的刀鞘中抽出一把模型刀。刀是用强化硬质橡胶做的，并不能伤人。即便这样，男孩依旧拿着刀摆出了迎敌的姿势。

"好，好得很！！"

绿脓杆菌看傻子似的看着男孩。

"小家伙，你又是谁啊？"

"我没有必要让杂菌知道我的名字！"

男孩大声回道。

"哇呜哇呜！难道，你是髓细胞，也就是白细胞小崽子？怎么，想杀了我吗？哇，好害怕哟。"

绿脓杆菌讥笑道，说到最后声音已经完全没了感情。

"对！我要消灭你！"

这个髓细胞男孩正是隔壁小学的学生，不知是在教室还是庭院里听到这边的声响，独自跑了过来。男孩毫不怯懦，用力挥舞手中的模型刀。

髓细胞
处于分化阶段、尚未成为白细胞（中性粒细胞、嗜酸性粒细胞、嗜碱性粒细胞）的细胞，存在于骨髓中。

"受死吧，杂菌！"

然而，绿脓杆菌的一条触手伸过来，轻轻松松就将他手中的刀打在了地上。

"啊，我的武器——"

"这具身体里的小家伙一个个都很有活力嘛。你们以后肯定能成为很优秀的血液细胞——前提是能活到那个时候！"

怪兽啪的一声睁大独眼，再哇的一下张开血盆大口，露出尖利的獠牙。它用触手狠狠攻击男孩，将他打飞了出去。

"啊——"

"大哥哥！"

男孩挣扎着想要站起来，独眼怪却不给他机会，不停地用左右触手击打他。

"哇哈哈，真是愉快啊。摧毁小屁孩的梦想，碾碎他们的尊严！所以我才说嘛，欺负弱者最有意思了，怎么都停不下来啊！"

"大哥哥，你撑住，千万不能死！"

3803哭着扶住摇摇晃晃的男孩。

绿脓杆菌狞笑着：

"我不讨厌勇敢的孩子呢。小家伙，只要你把身边的成红细胞交给我，我就放你一条生路，怎么样？"

男孩的鼻子不停地流出血，嘴角被打烂了，白色的 T 恤脏得已经没样子了。可是，他依旧紧紧盯着绿脓杆菌，用力攥紧 3803 的一只手，把她挡在身后。

"呵，你别开玩笑了……这种事情，怎么可能！我们白细胞，就算牺牲自己的性命，也会守护住其他细胞。我绝对会成为优秀的白细胞！"

"那么，你就去死吧——"

绿脓杆菌高高举起触手。

"就是这股子劲，髓细胞！！"

声音响起的同时，绿脓杆菌被干脆利落地一分为二了。这个一击夺取敌人性命的，不是别人，正是赶来的中性粒细胞老师。

"已经没事了，两个小家伙。你们做得很好。"

中性粒细胞先生笑着安慰道，巨噬细胞老师从他身后走了过来。她把手中的大锤子藏在背后，也笑嘻嘻地看着 3803 和髓细胞男孩。

"幸好没事，让我们好一阵担心呢。"

到了此刻，3803 才终于卸下一身劲，又不知道该如何是好，干脆放声哭了起来，大颗大颗的眼泪不断地涌出来，怎么都止不住。

哇哇大哭的不止 3803 一个人。髓细胞男孩牵着 3803 的手，也开始哭了起来。

（原来大哥哥也是害怕的，可是，他还是勇敢地来救我……）

3803 被髓细胞男孩的勇气和善良感动，哭得更加大声了。

等两个人终于止住哭声，巨噬细胞老师握住 3803 的另一只手。这时候，男孩才意识到自己一直握着小女孩的手，赶紧放开了。

巨噬细胞老师带着 3803 转向去保育园的方向。

"你们两个身上都有伤，得赶紧回去处理。中性粒细胞老师，今天非常感谢您。"

中性粒细胞在另一边牵起男孩的手，摸了摸他的头。

3803 叫住打算离开的巨噬细胞老师。

"老师，请等一等。"

她往男孩的方向紧走了几步。

"大哥哥，谢谢你救了我。"

3803 道完谢后，接着问：

"我们以后还会再见面吗？"

男孩显然不好意思了，生硬地回答：

"不、不知道……"

3803 听完失望极了。男孩察觉到这一点，马上补充了一句：

"虽、虽然不知道……但是等我们长大成人……一起在血管里工作，也是有可能在哪里再见面的。好了，拜拜！"

他的脸上绽放出一丝丝笑意，轻轻摆了摆手，转过身和中性粒细胞老师一起离开了。

"拜拜——！"

3803 冲着髓细胞男孩的背影用力地挥手。

时间回到现在。3803 想起自己上保育园时，曾在一次避难演习中偶遇绿脓杆菌，最后被一个男孩救了。

"原来还发生过那样的事情呢……"

3803 还是挺骄傲的，毕竟在那之后她顺顺利利地长大，并从事了运输氧气这一帅气的工作。

"嗯！加油，继续努力工作！"

她推着小车继续走了起来。

（我不能再在骨头里乱转了，得赶紧回到主干道上把氧气给人送过去。）

3803 有些着急，小跑着转了个弯。

"哎呀——"

"呜！"

3803 的小车撞上了一个人。

"对不起，真的十分抱歉。您没事吧？"

"不，是我不对，你还好吧？"

两个人抬头看清对方的脸，都不由得一声惊呼。

"白、白细胞……君？"

"啊，原来是红细胞……咱俩经常能遇见呢。"

眼前这个白细胞，正是3803的老熟人1146。

"话说你又迷路了？"

1146生硬地问道。

"是的。那个，我想去主干道……"

"算了，我跟你一起去吧，正好现在没事。"

"啊，那真是太感谢你了。"

两人并排往前走。看着1146高大的身影以及轮廓分明的侧脸，3803不由得陷入沉思。

（白细胞……不知道那个时候的男孩，有没有成为优秀的白细胞呢？时间过去太久，我都不记得对方的脸了。似乎，他的右眼被头发挡住了，而且，冷冰冰的，说话很生硬……）

咦？3803突然想到一个可能性。

（难道说……）

她仔细地打量1146的侧脸。

看上去有些像，又不是很像；看起来挺熟悉，又不是那个味。

1146 感受到 3803 热辣辣的视线，转过脸问：
"怎么了？"

"呃，没、没事！"

3803 赶紧看向别处。

（不……但是……这也太巧了吧，怎么可能！）

最后，她还是放弃了向 1146 确认的打算。

3
出血，大危机！
－重伤－

这一天，红细胞 AE3803 抱着装满氧气瓶的大箱子，从肺部往血管方向走去。宽阔的大马路上，是许多与她一样认真工作的红细胞，十分热闹。

"好嘞！接下来要把这些氧气给住在肝脏的细胞送过去！"

正在这时，有人从后面拍了一下 3803。

"哈喽，最近工作上手很多了嘛。"

3803 转过头去，发现对面站着自己刚工作时担任指导教师的前辈 AA5100。

"真的吗真的吗，前辈？"

"不过，还是一样迷糊哦。"

"啊哈哈……我这么能干，都是因为有前辈耐心的教导啊——"

5100 亲热地戳了一下 3803 饱满的脸颊，笑开了。

"哎哟，这话真是极好的社交辞令哦。对了，有件事想要请你帮忙。"

"嗯，什么事？"

5100 小跑几步，从路旁拽过来一个红细胞少女。少女身材高挑，顺直的长发一直垂到锁骨，看上去清冷又酷帅。她的腿很长，制服短裤穿在身上好看极了。

她帽子上的编号是"NT4201"。

"初次见面，你好。"

4201 率先打了招呼，只是——脸上没有半点笑意。

"我想请你做这个新人红细胞的指导教师，带带她。"

5100 将 4201 推向 3803。

"呃……欸？！"

5100 没有理会 3803 的诧异，留下一句"交给你喽，加油"就要走。

"等、等啊，前辈——！！不行的，我自己都只是个半吊子呢！"

3803 紧紧抱住 5100 不让她走，5100 开口训道：

"你在说什么呢？这也是工作内容！你刚进社会时，是不是也承了很多红细胞的情，他们是不是帮了你很多啊？"

"是这样吗？"

"你就把这次当作报恩好了！我以前带你的时候，就是这么安慰自己的呢。"

"……哦。"

3803 在 5100 的气势压迫下，不由自主地点了点头。

"明白了？你们两个人能好好相处吧？有事就马上联系我哦。"

"好……好的！"

5100 的背影消失在川流不息的红细胞大军中，只剩 3803 和新人 4201 两个人留在原地。

"那么，以后咱俩好好相处吧，请您多关照。"

3803 紧张地面向 4201。

"请您多关照……前辈。"

4201 还是那副平静的面孔。

（呀呀呀，她好冷静啊，跟我一点儿都不一样呢。）

"前辈，您为什么说敬语呢？不管怎么说，我才是后辈。"

4201接着冷静地问道。

"啊，是的哦！"

（呀，犯错了犯错了。才见面就让后辈错乱了，我真是个笨蛋！我是前辈，必须拿出范儿来！我要是表现得不靠谱，她也会头疼的。嗯，我必须好好表现！我是前辈！！好嘞，加油！）

3803努力给自己做好心理建设，然后转向4201。她紧张得脸都僵了。

"那、那么，我、我会教给你很多东西的，你、你要好好学哦。"

"嗯，请多指教。"

4201平静地回复。

"那、那个，首先，我们拿出笔记本……欸？笔记本呢，我的笔记本呢？"

3803的手抖得都打不开腰包了。她好不容易才打开卡扣，哗啦一声，里面的东西全撒在了路面上。完了完了！可是，笔记本呢？明明放在包里了啊……啊，原来掉在地上了！ 3803赶紧弯腰捡了起来。

又是好一顿折腾，3803终于打开笔记本，开始讲解起来。

"嗯哼，啊，那个，首、首先，我们来学习红细胞工作的内容——"

"这个在学校里我已经学习过了。血液的功能主要有六大项：①保持人体中的水分；②交换氧气与二氧化碳；③搬运身体所需的营养物质及新陈代谢出的废弃物；④调节人体体温；⑤预防敌人入侵；⑥修补伤口。

"其中，我们红细胞主要负责②交换氧气与二氧化碳。也就是说，将肺部产生的氧气运输至组织细胞们的居所。他们在氧气的作用下，能够燃烧葡萄糖，产生能量、二氧化碳。

"生产出的二氧化碳对于体内世界来说是有害的，必须排出至体外异世界。我们就负责把它们搬运到肺泡，再交换氧气。接下来，进入一个新的循环。这就是我们的工作内容。

"没有氧气，细胞就无法生产生活，所有身体机能都将停止，从这个意义上来说，我们红细胞是为整个世界的生命在工作，是必不可少的存在。能够从事这样的工作，是一种无上荣光。"

看着哗啦哗啦不带半点犹豫往外倒标准答案的后辈4201，3803崩溃了，她的脑海中一片空白。

（这孩子……不，这位女士，我能教她什么呢？）

然而，事关前辈的面子，无论如何不能气馁。

"呃、啊，原来你都知道了呢！那么，我们就实地转上一圈先看看吧。工作嘛，有什么不懂的，实际上手操作一遍，也就都懂了。"

可惜，3803前辈在下一个分叉口，就被火速打脸了。

"欸欸欸？呃……呃，这里是要、要右转？？是往这边走，没错吧？"

她带着4201试图穿过一扇大门，却被守门的淋巴细胞——杀伤性T细胞狠狠骂了一通。

"你俩干什么的！这里是淋巴管！非淋巴细胞禁止入内！可不是你们红细胞小屁孩能来的地方！"

"哇呀，我、我们走错路了！对不起！"

两个人抱着氧气箱，赶紧转身跑了。

"呜啊，好吓人好吓人……对不起啊，后辈同学，害你也受惊了。我方向感不好，总是很容易迷路。"

3803 向被自己带着走冤枉路的 4201 道歉。

"没关系……只是，我认为刚才的淋巴细胞完全没有必要表现得这么有攻击性，这一点让我有些不快。承受那个细胞的责骂，并不在我们的工作范畴内。"

4201 的神色丝毫未变，冷静地回答。

"呃……啊……嗯……"

3803 支吾了几声，也不知道该怎么继续说下去。这时，一道熟悉的声音钻进了她的耳朵里。

"砰砰砰，去死吧，杂菌！"

3803 定睛看去，发现马路对面 1146 正与一只变形虫模样的细菌怪兽扭打在一起。那怪兽的头部长得像白色骷髅，身体则软趴趴的没个定型，不停蠕动着。

（这细菌我认识，前段时间白细胞君刚教过我，是一种会令人蛀牙的链球菌。没想到这么难缠哪。)

是的，寄居在牙齿上的细菌偶尔也会跑到血管里来。

"白细胞君！加油啊！"

听到3803的加油声，4201不由得蹙起眉头来。

"呃……前辈，您认识免疫系的细胞？"

"认识啊，他们都是很好的细胞呢。"

在她们的视野里，1146正努力与链球菌怪兽搏斗。他被怪兽形似变形虫的躯体紧紧缠住，为了挣脱出去，不但用手中的大刀砍，还用牙齿使劲咬，画面看上去颇为恐怖。

看着1146凶残的表情，4201简直无法相信，皱着脸抗议道：

"您在说什么呢，前辈。中性粒细胞是集正义与暴力于一体的矛盾群体，怎么可能算好人。"

"才、才不是这样呢！等你有机会与他交流，就会发现他其实是很平和的人……"

那一边，1146正大叫着砍向怪兽的腹部。

"去死，都给我去死！你们这些杂菌混蛋！哇

噢噢噢噢噢！！"

终于，怪兽不再动弹了。

呵，这样的人哪里平和？1146 把脸扭向一边。

3803 没有管她，冲着 1146 打招呼。

"白细胞君，又是一场大战，辛苦了。"

"你好啊，红细胞。"

1146 抬起右手向 3803 问了声好，脸上依旧没有表情，声音里却透着股愉快的劲儿。

"咦？你身边的红细胞……难不成，是你的后辈？"

"是的呢！我被任命为指导教师，正在教导她各种知识……说是这样说，其实还什么都没有教呢。"

1146 走近几步，向 4201 招呼道：

"初次见面，你好。"

4201 却下意识地往后一退。3803 在心里念叨着"完蛋了，这第一印象"，不承想 1146 转身又走了。

"你这家伙，竟然还有气！去死吧！"

原来，那只链球菌只是在装死，看到 1146 离开，就开始蠕动妄图逃跑。但是，1146 背后像是长了眼睛，发现后冲回去给它最后一击。双方再次扭打在一起。

3803 有心想解开 4201 对白细胞的误解。毕竟，1146 真的是很好的细胞，责任心强，工作认真，对人又和善。她相信，只要 4201 了解了这些，肯定能消除偏见。

"后辈同学，我跟你说哦，在血管中工作的白细胞其实也分很多种类。像 1146 这种中性粒细胞就是其中之一。对吧，白细胞君？你快教教她！"

"呃，现在？！啊啊，嗯！可以的。"

被点到名的 1146 一边战斗，一边淡淡地回复道：

"白细胞有多个种类……混蛋……包括中性粒细胞、嗜酸性粒细胞……我非弄死你不可……另外，还有巨噬细胞……去死！还有，淋巴细胞也是我们的一分子……看招！！去死吧，杂菌，统统去死！！！"

呃，失败了。

3803 感到无奈，拼命转动脑筋试图弥补。

"大家对白细胞往往有误解，就像这位 1146 先生，虽然外表有些吓人，可内里是很温柔的！我希望你们能好好相处……"

"前辈，快躲开——"

啪叽——!

1146手上一用力，将链球菌的脑袋拧了下来。刚被拧下的脑袋喷射着液体，好巧不巧地朝着3803所在的方向飞了过来。

4201在第一时间护住3803，抱着她一起摔在了地上。可惜，两人虽然避开了正面攻击，却还是被四溅的体液浇了个透心凉，身上都是湿答答、黏糊糊的。而身处战场之中的1146本尊更是脏得没人样了。

咻咻咻几声，1146朝着链球菌的尸体喷射分解剂，地上很快变得干干净净。

之后，三人一起去了白细胞的休息室。休息室分布在血管马路的各处。他们利用休息室里的浴室和液体清洗剂，连衣服带身体给自己洗了个干净。

"非常抱歉。"

"后辈同学，对不起啊，真的很对不起。"

1146和3803冲着被无辜卷入的4201一个劲

地道歉。

"你才发的新制服，就被弄得黏糊糊的。"

"不……我一点儿都不在意……"

4201 从头到尾都表现得十分平静。

终于清洗完毕，3803 快步走到自助饮料机旁。这是休息室里自带的。

"你看你都湿透了，这时候就该喝点热乎的东西。咖啡和红茶，后辈同学，你选哪个？还有白糖呢。让我们一起喝个茶，暖和暖——"

"呃，前辈，一般来说，这种时候应该是先拿出毛巾擦干身体，而不是喝东西吧？"

看着 3803 忙碌的身影，就连一板一眼的 4201 都忍不住吐槽。此刻，她和 3803 两个人身上都还湿着，直往下滴水呢。

（您说的简直太对了！——呃，不行，我必须有个前辈的样子，不能让后辈同学小看！）

好一番周折，3803 与 4201 终于到达了本次氧气的配送地点。很不巧，接收人是一个态度强硬、性格急躁的细胞。

肝脏区域经营着不少名为"治愈屋"的小店，店主人是一群漂亮的小姐姐，而这个细胞正是小姐姐们的保镖。

尽管对方看上去焦躁不安，3803依旧没有忘记自己身为前辈的职责，尽力向4201授业解惑。

"要说从肺部搬运过来的氧气要给谁——"

"前辈，我知道的。您快别说这个了，客人都等急了。"

"欸？啊，是吗？那么你要记住，递交货物时，要目视客人的眼睛，脸上保持微笑，用明快的声音说：'您好，这是您的氧气。'"

"这个我也知道……"

"你俩快别磨叽了，把东西给我！！"

保镖先生受不了了，咚，一拳头砸在了墙上。

拿上二氧化碳往回走，3803碰见了熟人——嗜酸性粒细胞。嗜酸性粒细胞也是一种白细胞，手拿一柄前端分叉的长枪，身着粉色作战服，是怕生的性格，和人说话时总会不好意思。

3803 一直十分崇拜嗜酸性粒细胞隐藏在软萌外表下的强大实力，赶紧向 4201 介绍起来。

"后辈同学，这位是嗜酸性粒细胞，可厉害了，千万不要被她的可爱外表骗了哦。要说她有多厉害？那个，寄生虫比细菌可要厉害很多很多，这个你知道吧？她一个人就能把寄生虫打死呢！"

嗜酸性粒细胞听到 3803 的夸奖，脸色不由得变得通红，身体也无意识地扭了起来。

"请、请别这么夸我，请……请你别说了……很难为情……"

"前辈，您这样会让嗜酸性粒细胞不舒服。"

4201 平静地指出，3803 这才注意到对方的异常，心里一惊。下一刻，嗜酸性粒细胞已经跑远了。

接下来，她们碰到的是用纤维蛋白织网来堵塞伤口的血小板们。血小板看起来就像小学一二年级的孩子，穿着统一的蓝色连衣裙。

"后辈同学，血小板的工作是堵塞伤口——"

3803 向 4201 解释，血小板们看到她们都围了上来。

"啊，是红细胞姐姐！你能不能帮我们一起堵伤口呢？"

"非常感谢你的帮助哦！"

"快跟我来这边吧！"

一个血小板抓住 3803 的手腕，其他人就围着她绕纤维蛋白。

"前辈！我们还有工作，不能被纤维蛋白卷进去。"

3803 被 4201 拽了回来，心里又是一惊。

（哇，好险好险！万一被卷进去，得好几天动不了呢。）

在伤口修补完成之前，负责暂时堵住创口的，正是血液中的细胞身体。此前，3803 和 1146 就曾被这张网网住，好一段时间不能动弹。

在那之后的情况也不是很美妙。3803 不断犯着或大或小的错误，多亏了 4201 在一旁及时提醒和帮忙。

"前辈，您走错路了。"

"前辈，我想应该不是往那边走的。"

"前辈，站在那里会妨碍到别人哦。"

"前辈，请您稍微冷静一下。"

"前辈啊……"

3803 已经完全没有了最开始的自信。

这时，她们来到了循环第三周的目的地——脑部。

1146 执行全身巡逻工作来到脑部，看到 3803 和她的后辈正在前面走着。

（哦，是红细胞啊。不知道她和她的后辈相处得怎样了？）

他躲到一根柱子后面悄悄观察，却看到毫无精神的 3803 正在向她的后辈 4201 道歉。

"对、对不起啊，是我这个前辈太不靠谱了。这一次、这一次，我一定会好好带路的。"

说完，她重新抱起装满二氧化碳回收瓶的箱

子，再次迈开脚步。只是，她又走错路了……

3803 站在岔口，认真地看向左边，疑惑地歪了歪头，又去仔细端详贴在墙壁上的地图。1146站在后面，看得比她还要着急。

（想回肺部，应该在前面的岔口往右走。右——啊，不是那边！）

这个画面可真是熟悉哪。

"往哪边呢？呃，嗯，我们现在在这里……所以，应该往右……吗？"

"是往右呢。前辈，这张地图很难看懂吗？"

3803 和 4201 一边交流着，一边往右边走去，缀在后面的 1146 也终于松了一口气。

啊啊啊啊啊啊啊啊，咚嘎，咚咚咚咚咚咚咚咚咚咚咚咚！

随着一阵惊天动地的剧烈爆破声，整个世界开始摇晃，天和地似乎都要翻个个儿了。附近的细胞们全都站不稳，纷纷被弹飞出去。

下一个瞬间，墙壁、地面、天花板等不断地出现裂纹，碎石残瓦像雨点一般砸在细胞们的身上。

事情发生得太突然，1146还没有明白怎么回事呢，就被摔了出去，狠狠撞在一根廊柱上。在失去最后的意识前，他看到周围彻底黑了下来……

3803终于恢复了意识。

她还记得刚才的剧烈震动和爆炸声，但是不清楚到底发生了什么事情。她睁开眼睛，费力地抬起身体，发现周围很暗，到处都是残砖碎瓦。

等慢慢适应了黑暗环境后，她看到有很多细胞被埋在了碎石块下。

（不、不会吧……怎么回事？）

3803心里不由得发颤，不过幸好她没有被压住，也没有感到哪里疼。

她摔在了两块碎石叠成的缝隙间。3803试着用手去感知，察觉到底下应该是路面，已经龟裂了。

（这、这是这么回事……这里是哪里啊？）

3803看到自己的帽子落在一边，小心地爬过去捡起来重新戴好。她心里发怵，肉眼可及处，没有受伤的只有自己一个人。

（后辈同学呢？）

3803站了起来，蹒跚着穿过碎石堆找了一圈，终于在一个缝隙里看到一顶红色的帽子。

"后辈同学！"

她走下碎石堆成的小山，紧走几步靠了过去，看到仰躺着的果然是4201。

呜……4201呻吟了一声，手脚微微抽动了几下。

（太好了，还活着！）

3803冲过去，想要扶起4201。这时，4201睁开眼睛，骤然见到紧贴自己的3803大吃一惊，下意识地推了一把。然而在意识到周围的黑暗，看到混乱的一切后，她又马上紧紧地抱住3803。

"前辈，发、发生了什么事？！"

"我也不知道……我也不知道啊，这么惨烈的，我从来没有见过。我不知道……"

两个人紧紧抱住彼此，身体止不住地发抖。

时间应该没有过去很久，很快传来一个声音：

"喂——，下面有人吗？还好吗？"

这个声音十分耳熟。

"白细胞君！我们在这儿！"

听到3803的回复，1146从天花板的豁口跳了进来。他的怀里还抱着一个血小板。血小板似乎是与同伴们走散了，正不住地哭鼻子。

"红细胞，还有红细胞后辈，你们没受伤吧？"

"嗯，没受伤。白细胞君，血小板，到底出了什么事？"

总是十分冷静的1146脸上露出凝重、焦急的表情，这在之前从来没有过。

"我不是很清楚！现在收到的命令是，血液中的所有细胞——血细胞们，要即刻前往中心区域集合。再不动身的话，这里的血细胞……你们看那边。"

3803朝着1146指的方向看了过去，只见无数的红细胞正以惊人的气势往这边冲过来，简直要把所有挡路的石块都踢飞。

"天哪，是血压上升！"

到了这个时候，3803才终于知道，原来此处位于脑部后侧，是连接大脑和脖子的道路。

只是，3803、4201以及抱着血小板的1146根本没有抽身的时间，就被细胞洪流裹挟住了。

3803等细胞们并不知道，此时，这具身体的主人"某个人"遭遇了一场事故，脑部受了很重的伤。他甚至失去了意识，是被救护车直接送去大医院的。

所谓血压，是指血液在血管中流动时对血管壁产生的压力。心脏收缩将血液送出的瞬间，人体的血压达到最高值；心脏停止收缩恢复成原样的瞬间，血压降到最低值。而这个变化，在人类的感知中，就是心脏"咚、咚、咚"地跳动，即脉搏。

数也数不清的红细胞中夹杂着一些白细胞，他们组成的洪流让人根本没有对抗的能力。4201被冲着往前走，近乎悲鸣地问道：

"前辈，这个血压上升是怎么回事?! 请您告诉我!"

3803 也是满头雾水。

"我也不知道啊……我也是第一次经历，真的不知道。"

周围的血细胞们都处于恐慌中。为什么自己会被裹挟着，如此快速地往前走呢? 没有人知道。

"怎么回事啊? 到底发生了什么?!"

"后面别推! 说了别推啊!"

"啊啊啊——"

在约莫大脑中心的位置，细胞大军终于停下了脚步。只是，这里聚集着实在太多的血细胞，大家你推我我推你，而且周围一片昏暗，3803 并不清楚自己到了哪里。

唯一值得庆幸的是，她并没有和 4201、1146 走散。1146 在行进过程中，还顺手救下了三个被挤倒在地的血小板。加上之前那个，一共四个血小板或是趴在他的背上，或是坐在他的肩头，总算安全地来到了这里。

此刻，头顶上的电子显示屏以备用电源驱动着，上面循环显示着"调整中，请稍等"字样，并没有任何有用信息。

血细胞们被迫聚集在这里，连转一下身体都做不到，他们心里的不安越涌越多，有人忍不住怒骂起来。就在这时，哔、哔、哔，紧急通知的蜂鸣器响了。

辅助性 T 细胞指挥官严肃的声音从头顶上的扬声器中传了出来。

"紧急情况！紧急情况！本具身体遭遇重大创伤，危及生命安全！头部附近的组织及血管受到严重损伤！"

血细胞们第一次听到这个消息，霎时炸开了锅，纷纷惨叫起来。

"危及生命……"

"也就是说，这个世界要完蛋了？！"

辅助性 T 细胞指挥官将接下来的广播交给了负责的战士。

"各位免疫系战友，请即刻赶到损伤部位现场，做好应对细菌入侵的准备。"

"哇哦哦哦哦哦哦,开拔了,兄弟们!"

混在红细胞中、以中性粒细胞为首的免疫细胞们纷纷振作精神,高声招呼同伴。

"我要走了。"

1146与3803打过招呼,将四个血小板放在地面上,接着几个纵跃就不见了身影。天花板上似乎有近道可以抄过去。

"各位血小板战友,请即刻赶往伤口各处,尽快止血。"

听到这个通知,四个血小板的脸色变了。不安、怯懦在这一瞬间退去,取而代之的是坚定的使命感。她们高高举起手,大声喊道:

"不好意思!请让出道路!"

"请让我们过去!"

血小板们从红细胞脚边匆匆穿过,赶往属于她们的战场。3803看着她们的身影,喊道:"你们要加油啊!"

"各位红细胞战友，为保持体内稳态[1]，请继续搬运氧气。"

"好嘞，那我们去搬吧！"

"去那边！"

3803 和 4201 身边的红细胞们都动了起来。

4201 充满了疑惑：

"呃，又怎么了……"

"走啦！"

3803 牵起 4201 的手。

"以后有的是时间给你慌，现在先跟我去搬运氧气吧！"

赶往创伤现场的路上，1146 遇见了不少常见的杂牌细菌、绿脓杆菌等。

"嘿嘿嘿嘿，这个身体是我们——"

不等它们说完，1146 一手一个，干脆利落地

1　生理学将细胞外液的理化特性保持相对稳定的状态称为稳态。其理化特性包括温度、渗透压、酸碱度、各种离子浓度等都要经常保持相对稳定。

将它们送了西天。只有绿脓杆菌十分奸诈，装作摔在地上的样子趁乱逃跑了。

"切，要是在组织部位，乌泱泱的白血球大军马上就会赶到，可这里是血管，我当然只能逃得远远的——"

"你以为我会让你跑掉吗，啊？"

这一次，绿脓杆菌是彻底遭了殃，惨叫着从墙壁的裂口掉了下去。

1146 也跟着从裂口钻了进去。

"这一带如此动荡，想来伤口就在附近。也就是说，被细菌盯上的红细胞们也应该就在附近。我得去找找。"

他走了一阵，来到一片更加惨烈的地方。这里黑压压、静悄悄的，没有一丝活物的气息。

"……嗯？安静得不同寻常。"

1146 环视一圈，往主干道方向走去。随处可见散落的各种东西，红细胞们总是抱在手上的氧气配送箱，仅剩一只的手套，红色的帽子。它们或无序地躺在地上，或挂在某个碎石块上。

"怎么会这样？"

以往热闹的街区仿佛成了幽灵小镇。这里，已经完全被摧毁了。1146看着眼前广阔的荒凉的景象，震惊得不知道该说什么才好了。

"血细胞们，都不见了……"

1146弯腰捡起地上的帽子，试图寻找线索。就在这时，从通信器中传来战友的声音：

"1146，你在哪里？现在转发上级指令。"

紧接着，他就听到辅助性T细胞的声音：

"紧急情况！紧急情况！损伤部位大出血，无数血细胞流出体外，情况严重——"

（也就是说，我眼前的现场是……失血过多！！）

在1146的认知中，失血过多是最可怕的事情。他打算亲自去搞清楚情况到底有多坏。

"喂，有人吗？有没有血细胞？血细胞，你们在吗？"

无论走到哪里，无论怎么大声喊叫，残破街道上飘荡的只有他自己的身影以及鞋子踩在地上带起的回音。

"有没有人啊？听到请回答……啊！"

1146看见前面有个人影，正蜷缩在碎石堆边哭泣。那是一个普通细胞少年，他赶紧走了上去。

"喂，那边的普通细胞！"

少年立刻抬起头，脸上洋溢着获救后的惊讶和喜悦。只是在看清1146的脸后，他不由得瑟缩了一下。

"哇……是白细胞。"

"等等，你别害怕。你告诉我，这里的血细胞们都去哪儿了？难道大家都……"

少年瑟缩着回答道：

"是、是的。我、我亲眼看见了。好几万、好几十万、好几百万……不，比这还要多的血细胞们，唰的一下被吸附到伤口区域，然后他们根本没有反抗的余地，全飞出去了！"

少年回想起之前看到的景象，脸色不由得发白，身体也跟着抖了起来。

"而且，出血情况并没有停止。白细胞先生，这到底是怎么回事，意味着什么，您知道吗？！

"对于体内细胞来说，最不可欠缺的就是氧气，而今，搬运氧气的红细胞全都不见了。虽然说还有肺部、内分泌系统等各种组织的细胞，但是，但是光靠这些，根本不够啊！"

在人的体内世界，有一个名叫内分泌系统的机构，负责控制身体的各项活动。它通过产生荷尔蒙，向各细胞发送指令。

我们感到困了，就去睡觉；吃饱了，就不再进食；身体长得壮壮的，健健康康的，都是因为有内分泌系统发送各种指令，通过荷尔蒙传达给身体内的各个组织。

此外，还有些部门负责告知细胞们什么时候要努力，要战斗，要认真工作。其中，负责加油鼓劲的荷尔蒙又叫肾上腺素。

人体一立方毫米的血液中存在着多达 500 万个的红细胞。所以，普通细胞少年并没有夸张，他说的是真实情况。

普通细胞少年越想越绝望，忍不住又呜呜呜地哭起来。

"不行了……没有氧气，我们一般细胞就无法工作，无法为这个世界提供运转所需的热量和能量。世界会逐渐变冷，紧接着，从末端的细胞开始，慢慢地供氧不足——最后，我们都会缺氧而死……"

少年紧紧攥住1146的手，高声惨叫道：

"这个世界，要完了！！"

在同一时间，3803正领着4201，搬着从肺部获得的氧气，送去普通细胞家里。

她们在小胡同里艰难穿梭。胡同名叫毛细血管，镶嵌在街道的各个角落，每一条都十分狭窄。可就算这样狭窄的胡同尽头，也居住着一群平静生活的一般细胞。

"普通细胞，你们都没事吧？我们来送氧气啦——"

3803和4201绕着住宅区走了一圈，来到某幢公寓的一楼时，住在里面的一般细胞骨碌碌地滚了出来。

"呀！"

"吭哧……吭哧……好、难受……您……氧、氧气，给我我我……"

只见他的脸白得像纸一般，正用双手按住脖子，看上去十分痛苦。

"你怎么了？！坚持住！"

"前辈，您看！"

420号指着公寓楼的大走廊。

"所有人看上去都很不对劲。"

估计是听到了外面的说话声，房间门一扇一扇被打开，许多普通细胞走了出来。他们脚步蹒跚，似乎都很难受。

"哈、哈、哈，我喘不上气了。"

"氧气，还没送过来吗……"

"好难受，我要死了——"

3803和4201十分诧异。

"前辈，这到底是怎么回事啊？"

"我也不知道……各位，请再坚持一会儿，我们马上回去拿氧气！"

她们把手中的氧气瓶放在看起来最痛苦的一个细胞面前，又马上折返回肺部去了。

然而，等她们回到肺部，却发现总是人山人海、挤挤挨挨的红血细胞同伴们都不见了踪影，只剩零星几个，场面看上去异常萧索。

"红细胞的人数怎么这么少？"

"呃，嗯……"

到底发生了什么事情呢？3803人生第一次看到这样的景象，心里不由得没底，恐慌极了。

突然，肺泡的运转声比平时大了很多——肺泡是将红细胞们搬运回来的二氧化碳与肺部产生的氧气进行交换的场所。只见机器以极快的速度将氧气分装进各个氧气瓶里。

现场的红细胞们都被震撼了。

"天哪，肺部……如此高强度地工作！"

"氧气瓶满了，箱子不够装，要破了！"

"有没有人啊？快来把这些氧气搬走！"

4201似乎突然明白了什么，下意识地抬高声音道：

"原来是这样……肺部剧烈呼吸，不断生成氧气，可是这些氧气无法运输至全身各处。这意味着……负责运输氧气的红细胞人手不够了！"

3803 听到她的话，也终于想通了。这一刻，心中的不安彻底消失。她跑向堆成小山的氧气箱，抱起一个。

她明白，此刻，自己能做的事情只有一件——

肺部的氧气堆积如山，而身体各处正有无数的细胞在焦急地等待着氧气。所以，必须尽快把氧气送出去。不管发生什么事情，必须拼尽所有方法，用尽一切手段，尽快将这些氧气都运输出去！这就是红细胞的职责。

"前辈……"

4201 的脸上充满了不信任。只是一箱氧气，就算送出去了又有什么意义呢？

3803 大喊道："没有时间发呆了，必须马上配送！身体各处的细胞都在等我们！"

"等等我，前辈！您为什么能这么镇定？！"

3803没顾得上为4201解惑，飞快地奔跑着。

"前辈，您等等我啊！"

4201也抱起一个氧气箱，紧紧追着3801号的脚步。

3803和4201搬了几箱氧气送至刚才经过的公寓后，收到其他红细胞的求救：居住在伤口附近的细胞情况更加糟糕，急需氧气。

于是，两个人又回到肺部背上氧气箱，往头部赶去。离伤口越近，风越大。这阵风将体内的所有物体都吸向伤口处，凛冽又危险。

血小板们挥舞着警示危险的黄色小旗，正在路上指挥。

"后面就是伤口附近的血管，请各位红细胞务必注意安全，不要被大风吸走。一定一定要注意！"

血小板与白细胞一样，身上有安全装置，能够确保自己在紧急情况下吸附住墙壁或地面。但是，红细胞身上是没有这种装置的。

半数以上的血管马路都遭到冲击，变成了危险的悬崖峭壁。血小板在崖壁上安装了一道锁链权作应急，细胞们必须抓着锁链踩着仅剩的细窄路面，往伤口方向走去。

一旦有人没抓牢锁链掉下崖壁就完蛋了，会被大风直接吸往体外的异世界，再也没有回来的可能。

这条路狭窄，且充满危机。看着细细的锁链，3801号不由得咕咚一声咽了口唾沫。然而，必须前进，只能前进，这是红细胞的使命。

"……我……我们走吧！"

3803已经做好最坏的打算，她朝4201招呼一声，双手抓住了锁链。

同一时间，交感神经指挥室里已经乱成一团。此处的任务是给出指令，通过升高血压、加快呼吸等方式，确保身体活力。

"释放肾上腺素！"

"肺部再用力！"

"不行了，血管里的红细胞数量前所未有的少！"

交感神经的队长看着显示屏上模糊的影像和体内各细胞的数值，十分焦躁。此刻，显示屏上出现的正是3803和4201两人的身影，她们紧紧拽住悬崖边的锁链，走在似乎下一秒就会断裂的险道上。

"这么点红细胞，还慢吞吞的，氧气得送到什么时候啊？"

副队长嘀咕了一句。对此，队长也是同意的。

"嗯，照目前这个形势发展下去，氧气根本无法及时运送到身体各处。不够！"

队长朝副队长下命令道：

"现在，只能由我们来推一把了。升高血压，推着红细胞们快速跑起来！"

大风呼呼地砸在脸上，热情地拉扯着细胞往体外异世界走。3803和4201攥紧锁链，往伤口附近小心移动。

"加、加油，后辈同学！"

"嗯……"

可是，不断有红细胞从后面以惊人的速度往前冲。4201身后的青年被人群挤得差点没抓住锁链，不由得抱怨道：

"呀！好危险。喂，后面的别挤啊！"

"不是我要挤的！是血压上升，所有人都被推过来了……"

"啊，危险！！"

好几个处在后方的红细胞尖叫一声。原来是细胞们一窝蜂地挤过来，本就摇摇欲坠的小路终于忍受不住，彻底断了。

"呀啊啊啊啊啊——"

好几十个红细胞一起掉了下去，被风裹着很快消失了踪影。

"有伤口在，还升什么血压，蠢货！"

不知道是谁的痛呼声，也被风吞没了。

3803极力忍耐着。她很想用双手捂住自己的耳朵，不想再听到同伴们的惨叫声，可是她不能。此刻，锁链就是所有人的活命法宝，一旦松开就再无生还可能了。

（对不起……我对不起大家，我什么都做不

到……我不能往后看，一旦回头，就再也动不了……是了，后辈同学应该比我还要害怕……）

"不、不能回头看，听到了吗，后辈同学？"

3803 心里充满了恐惧，身体不住打颤，可依旧竭力为 4201 鼓劲。

"就剩一点儿，马上到了。你要坚持住，一定要坚持住！"

4201 仿佛下一秒就能哭出来，崩溃地点了点头。

"不好了，队长！"

交感神经指挥室里，显示屏上出现了红细胞们掉下去消失在伤口处的画面，大家慌作一团。

"血压上升之后，出血更加严重了。"

"什么?！快降下来，快把血压降下来！红细胞要是没了，那可是鸡飞蛋打，彻底完蛋啦。"

"可是现在，氧气的配送人员不足！"

"那你让我怎么办啊——"

3803 和 4201 终于通过了伤口附近那段危机四

伏的路。只是，在她们抵达目的地时，跟在身后的红细胞们全都不见了。他们有些是被挤下去吸到体外异世界去了，有些则是因为血压下降，又到别的地方去了。总之，没有其他人往这个方向来。

3803 发现这里很冷，忍不住发起抖来。温度还在不断下降，这是她此前从未感受过的寒冷。

可即便如此，她依旧紧紧抱着氧气箱，走在损坏严重的道路上。脚边逐渐堆起一层白色的物体。它看上去像砂一样，而且很冰。

"……雪、雪？"

3803 上学时听老师讲过雪的知识，实物还是第一次见。

她和 4201 面面相觑。

这时，白色的物体——雪乘着大风，以惊人的气势侵占了这片区域。雪花不断打在 3803 和 4201 的脸上。真的好冷啊，人都被冻麻了。雪还在下，且越来越大，露在外面的脸过了麻的劲，仿佛被谁拿砂纸在摩擦一般疼。

"咦——，这是暴风雪？！"

周围变成了白茫茫的一片，3803 和 4201 根本不知道自己走到哪儿了。不管望向哪个方向，都是白的。白的，白的，整个天地都是白的。

这种现象又称为白蒙天，如果继续前进，有很大概率会遇难。3803 清楚这一点，却依然抱着氧气箱坚定地往前走。在来的途中，她们遇见了一个力竭后倒下的红细胞同伴。同伴把他的氧气箱托付给了 3803，3803 就用绳索将这个氧气箱绑在自己身上拖着往前走。

（我必须过去……我必须过去，我必须把氧气交到细胞手中。）

"前辈，您等等，雪这么大……"

4201 的声音变得好遥远。她似乎落后了自己很多。3803 转过身，好不容易在身后看见一道穿着红色制服的身影。

"不能等！"

"等等……"

"我们必须前进！我们两个人固然能力有限，可若是就此放弃了，会有细胞因为没有拿到氧气而死亡。加油啊，后辈同学！"

3803 的手冻僵了，指尖已经完全没有了知觉。她使不上力，手中的氧气箱差点掉下去。可即便这样，她依旧坚定地用脚蹚开没过脚踝的积雪，一步一步艰难地往前走。

脚好冷，手好冷。

脚尖和指头冻过头了，变得钻心的疼。

脸颊也是生疼的。

冰冷的雪气钻进鼻腔，进入身体各处，喉咙疼，鼻子疼。

有雪水渗进眼睛里，连睁开眼皮这个动作都变得艰难。

3803 凭着心中一股执念，机械地往前迈步。一步，两步……

（我必须过去……我必须要把氧气交到细胞们的手上……）

"啊！"

4201 惨叫一声。

"后辈同学？！"

啊，
后辈同学！

ゴリオオオオオ
（呜呜呜）

……

（啪）
バ
リ
シ

后辈同学
你没事吧？

ザ…

把手——

ザ…

　　3803 回过头，发现 4201 的氧气箱掉在地上，正双手杵着跪在雪地里。她的脸朝下，看不清表情。

　　3803 慌忙把手中的氧气箱放下，蹚着雪朝 4201 走过去。

　　"后辈同学，你没事吧？把手——"

　　3803 伸出去的手被打掉了。

　　"前辈，你别胡闹了！！"

　　4201 哭着喊道：

　　"你看看我们周围的情况！我们做了一切能做的事情，可现状有什么改变吗？！无论我们怎么努力，氧气的供应都是跟不上的，不是吗？你看除了咱俩，还有哪个红细胞过来了？

　　"你现在这样，不就是想在我这个后辈面前打肿脸充胖子吗？你这是在逞强，毫无意义！你难道不知道什么叫出血性休克死亡吗！！"

　　人体内约 8% 的重量是血液。一个成年人全身的血液加在一起，约为 4 升～5 升。

　　当人失血过多，且氧气无法跟上时，将无法维持正常的血压。此时，机体的温度急剧下降，接着会失去意识。这种现象被称作"休克"。

而人一旦失去三分之一的血液，就会陷入休克状态，严重时甚至会死亡。

"失去三分之一的血液，是会死的！这个世界已经不行了！我们马上回——"

3803 用双手捧住 4201 的脸颊。

"欸……等、等等……你这是什么意思？！"

"后辈同学，我明白你的意思。但是，我会继续运输氧气，直到最后一刻。因为，这是我的工作。"

3803 的决心没有半点动摇。

（我不是在逞强或者想要表现，我这样做，只是因为这是我最重要的工作。）

3803 冻得通红的脸上挤出一丝微笑，拍了拍 4201 的肩膀，沉默着抱起她落在地上的氧气箱，叠放在拖着的氧气箱上。

接着，她重新抱起自己的箱子，在皑皑白雪中再次迈开脚步。

"前辈……你停下，放弃吧……"

3803没有理会4201的制止，继续前进。

（手好重啊……脚好重啊……大家、大家……都在等着……我、我必须尽早把氧气……送到……）

这个时候，1146应该在和细菌怪兽战斗吧；血小板们应该在伤口附近的道路上紧急维修吧。

3803在脑海中想象伙伴们的模样。

（大家……都在努力奋斗……我、我必须也要努力……一定、一定要送到……氧、氧气……）

脚下一个趔趄，3803终于摔倒在了雪地上，意识渐渐模糊。一滴眼泪顺着脸颊落了下来，却很快冻住了。

（……后辈同学，抱歉啊……我是个……没用的前辈……）

在短暂的一生中，3803曾遇见过很多人，他们浮现在白茫茫的空中，很快又消失不见了。或许，这就是传说中的走马灯吧。

1146，巨噬细胞，血小板们，AA5100号前辈……都是生命中亲爱的人啊，他们的每一张脸庞都熠熠生辉……

（呵，眼前好闪耀啊……）

意识将要消散的时刻，3803 在一片雪白中看见了一个身影。身影逐渐靠近。

起先只是一片模糊的红色，渐渐地终于能看清脸了。

对方是一个青年，长着粗粗的眉毛和大大的眼睛，看上去质朴又真诚。他戴着红色的帽子，穿着红色的夹克。

青年在 3803 身前蹲下，向她伸出手。

"你没事吧？"

他的帽子上也有红细胞才有的编号，DB5963。

（欸？）

"怎……"

3803 想问这是怎么回事，却被冻得说不了话。

"怎……"

一个又一个红细胞在 5963 身后出现。只要细细观察，就能发现他们身上的制服和 3803 的有些

不同。

"你、你……你们是谁？！"

3803 震惊之下，咣的一声坐了起来。下一刻，许多红细胞围了上来，数量之多数也数不清，且每个人身上的制服与 3803 的都有少许不同。

"哎呀呀，这个小姑娘，看模样是红细胞捏。"

"哇，这里可真冷。"

"这是哪个地方啊？"

"俺也不晓得哇。"

"幸好大家伙儿都没走散。"

3803 看着眼前的一切，感到莫名其妙。这些人是怎么回事啊？

一个梳着辫子的少女抓住 3803 的手，帮助她站了起来。

5963 询问道："果然是和俺们一样的红细胞小孩吗？"

"可是制服不完全一样捏。"少女回答道。

"嗯。不过，长得和俺们还是很像的，这娃娃。"

几个上了年纪的红细胞笑了起来。

梳着辫子的少女帮3803掸去帽子上的积雪，招呼道：

"你好啊，咱们是第一次见面。你为啥倒在这个地方啊？瞧瞧，身上都是雪哩。"

援军终于来了……

3803明白后，激动得掉下了眼泪。她抽泣着将来龙去脉讲给对面的红细胞们听。

"……就是这样那样，所以我们现在没有足够的人去运输氧气。"

穿着不同制服的红细胞们听完后，吃惊得说不出话来。

5963叫道："哎！也就是说，按照目前的情况继续下去，俺们现在在的这个世界，要完蛋了？！哎哟哟，莫名其妙把俺们带过来，原来还有这种事在等着，真是过分得没边了！"

年纪大些的红细胞则赶紧召集其他人："喂，大家伙儿都过来。出大事了！"

几个红细胞将雪堆起来，制成一个硬邦邦的台子。5963站上高台，把刚才3803说的情况向众人转述了一遍。

"事情就是这个样子，俗话说得好：旅行靠驴友，处事靠人情，总而言之，出门在外就一个'义'字！正所谓，既来之则安之。俺们身为红细胞，碰上了这样的事情，就得接受命运的安排，对不对！"

"确实是这样""你说的对"等声音从人群中纷纷传来。

"虽说这个地方和俺们老家不一样，但是工作内容是一致的。俺们一起努力，去运输氧气吧！"

"噢噢噢！"

穿着不同制服的红细胞们攥紧拳头，高声呼应。这群也不知道从哪里冒出来的红细胞，哗啦一声，迅速涌向身体的各个角落，开始搬运氧气。

3803也和他们一起，一直坚持到了最后。她穿过伤口附近的险道，捡起雪地中一个个掉落的氧气箱。这些氧气箱的原主人都是将生命的最后一刻奉献给工作的红细胞们。

"普通细胞们，我们过来送氧气啦！来晚了，真是对不起。"

"谢……谢谢，你们救了我们的命！"

在突然出现的红细胞及其他所有细胞的共同努力下，失血过多造成的休克最终没有对生命造成威胁。最大的危机已经过去。

暴风雪也逐渐停止，周围重新变得明亮。体内世界的温度急速回升，路上的积雪很快就融化不见了。

3803 刚送完一批氧气，她穿过住宅区里狭窄的胡同，回到主干道上的一个碎石小山处。这里是血细胞们临时的休整点。

"终于……送完了……"

下一瞬间，疲倦像潮水一样涌来，她踉跄了一下，身上没有半点力气。

"啊哈——"

及时扶住 3803 的是中性粒细胞 1146。他白色的作战服变得破破烂烂，可以想象之前经历了多么激烈的战斗。

"呀，是白细胞君……"

"辛苦了。看起来咱俩都干得很不错。"

1146 依旧是招牌的生硬语气，脸上却隐隐露出一丝笑意。

3803 和 1146 一起登上碎石小山，手里捧着热气腾腾的饮料，环视四周——自助饮料机也恢复工作了！

那群新来的红细胞已经与这个世界的原住民打成一片。在附近区域，前者的数量甚至比后者还要多，一眼望过去十分醒目。大家或是一起坐在地上补充水分，或是亲亲热热地聊天。

"白细胞君，你知道这次事故中，我们失去了多少血细胞吗？"

"具体多少我也不清楚，应该是数也数不清吧。"

"这些新加入的红细胞，他们是从哪儿来的呢？"

"谁知道呢。不过，多亏了他们，我们的世界终于安全了。"

在两人目光所及之处，5963 正坐在碎石小山的山腰上，给聚在边上的细胞们说着自己之前的经历。

"有一天，俺们突然被吸入一支筒状的东西里。哎哟，那可真叫一个莫名其妙。总之，一阵天旋地转后俺们就到了一个冷冰冰的房间里，在里面冬眠。然后等俺们醒过来，就在这里啦。"

细胞们并不知道，因失血过多陷入休克状态的"某个人"进医院后接受了输血。

什么是输血呢？它是向遭受重伤或接受手术的患者注射由他人提供的血液或血液成分，以补充患者自身失去的血液的一种治疗手段。在我们这个故事里，"某个人"补充的正是血液中的红细胞。

人类的血液又可分为几个不同类型。输血时，注射异型血液可能会导致患者产生血液成分凝固或红细胞溶解等症状。你应该听过 A 型血、B 型血、O 型血、AB 型血吧？ABO 血型就是一种常见的血型分类方式。另外，血型与性格之间其实并无联系。

除了 ABO 血型系统，血液还有其他分类方法，感兴趣的小朋友可以自己去查查看。

从整个人类世界的角度来看，不同民族中各血型人口数占总人口数的比例是不一样的。

就拿最常见的 ABO 血型系统来说，日本 A 型血、B 型血人口占总人口的比例，与印度刚好相反；而在墨西哥、玻利维亚等中南美国家中，O 型血的人占了大多数，高达八至九成。

有输血就有献血，为输血而提供血液的行为，称为献血。献血包括捐献全血和成分血。

处于 16 周岁至 69 周岁之间且满足一定健康条件的个人，都可以捐献全血。[1]

在我们这个故事中，"某个人"输入的是红细胞，属于成分血。这种成分血只能通过他人的献血行为获得。

血液不像其他东西，是无法人工生产出来的。现实生活中，有很多病人因种种原因急需血液维持

1　这是日本的规定。目前在中国，献全血的年龄为 18 周岁至 55 周岁。

生命。因此，献血虽然不能为我们获得金钱上的报酬，作为一个人来说，却是十分重要且有意义的。

献血得到的血液要先由医生进行检验，分析是否健康，之后按照血液成分分别保存在冷藏库或冷冻库里。

但是，血液里的细胞是活的，无法长时间保存。为了保证能随时有新鲜血液供给病患，我们的社会需要更多人来献血。

"原来是这样啊，真是太神奇了！"

原住民红细胞纷纷感叹道。

"虽说这里和俺们老家不同，可是能够再次出来工作创造价值，俺们还是很高兴的。"

看到 5963 与大家已经完全融为一体，3803 和 1146 对视一眼，放心地点了点头。

"不过，真的好想知道他们是从哪里来的。"

"呀，我想起来了，我得去找后辈同学。白细胞君，拜拜。"

3803 正打算爬下碎石小山，却听到一阵由远及近的呼喊声。

"前——辈！前——辈！"

"啊，是后辈同学。"

4201 噔噔蹬地爬上碎石小山，迅捷地靠近 3803。——她脸上的表情前所未有的可怕，似乎下一秒就能从瞳孔中喷射出炙热的火焰。

3803 不由得一阵胆怯。

（哇，这是要干吗呀？）

4201 正对着她，郑重说道：

"我……有话想对前辈说。"

（好吓人好吓人，她看上去简直要吃了我！）

"这一次的新人研修，非常感谢前辈的教导！"

看着 4201 深深弯下去的腰，3803 吃了一惊：

"诶？！怎、怎么……"

"一直以来，我都认为自己很优秀——当然，我确实很优秀。"

"嗯？"

"但是，这一次我从前辈身上学到了很重要的一课。那就是，仅仅优秀不足以撑起一份工作。"

"啊……"

"工作不仅需要知识，还需要经验，以及……一颗赤忱的心——这才是最重要的！"

听着4201铿锵有力的话语，3803愣在了原地。她感到胸口热热的、胀胀的，下一秒眼泪就涌了出来。

"后辈同学……呜啊，太好了！……呜呜，我……我还以为你要批评我身为前辈……却什么都教不了你。听你这么说，我……呜呜呜呜。"

"前、前辈，请您别哭了。"

接过4201递过来的手帕，3803擦了擦眼泪。

"呜！嘿嘿，我知道我这个前辈不怎么样，以后也请多多包涵——"

"欸……啊，也请您多多包涵？那个，请问您是谁呢？"

3803定睛一看，却发现眼前站着一位从未见过、戴眼镜的红细胞女性。

"哎呀？对不起对不起，我认错人啦！"

她赶紧去找4201。4201似乎趁着3803擦眼泪的工夫跑到别的地方去了。

"哎呀呀，后辈同学去哪儿了？"

不远处，她心心念念的 4201 已经与 5963 亲热地打过招呼了。

吼吼，又是 AE3803 因为自己优秀的后辈以及新加入的无数小伙伴而头大的一天呢。

参考书一览表：

《简单明了!〈工作细胞〉细胞的教科书》 清水茜绘 讲谈社编

《谁都能明白的温柔免疫》 NPO法人KYG协会编

《病毒·细菌·霉菌插画图解》 畠山昌则监修

《病毒·细菌图鉴》 北里英郎、原和矢、中村正树著

《一眼搞懂身体的结构和功能图鉴（日语版）》大桥顺、樱井亮太监修 千叶喜久枝译

《血液的神奇画册百科》 梶原龙人监修

《血液和健康》 三浦恭定著

《医生告诉你如何彻底清除粉刺·痘印》 山本博意著

《高效地和粉刺说拜拜》 津田摄子著